香港城市大學中文及歷史學系
創系十週年叢書 09

暗處襲來一道掌風

城市漫遊的譫妄狂想

馬家輝 著

中華書局

香港城市大學中文及歷史學系
創系十週年叢書總序

客人來訪，都說香港城市大學方便，以其連接交通樞紐，毗鄰購物商場。商場被學生戲稱為「白區」，從白區穿越時光隧道，通過紅門，進入紫綠藍黃紅區，便是大學。的確，校園商場，幾近無縫接軌，大學在城市之中，城市也在大學之內。在大學的某個角落，有一個「中文及歷史學系」，師生們也在埋首研究和書寫城市。中文及歷史學系由創系系主任李孝悌教授建立之初，即以中國口岸城市研究為主要發展方向。光陰荏苒，轉眼十年，是時候交些功課，本輯「創系十週年叢書」，即立意於此。

我們去年年末邀請一些同仁為叢書撰著，今秋陸續收成，發現大家竟不謀而合地皆論及或立足於城市，且古今相投，前後呼應。古代方面，有兩千多年前的楚都紀南城（沈德璋），千多年前的長安與上黨（呂家慧）、寧波和日本福岡與奈良（李怡文）。近代方面，有兩本不約而同地以十九至二十世紀的香港為主題（程美寶、陳學然），但一旦講到香港，便不得不論及鄰近城市。有兩本分別追溯蕭紅在哈爾濱和上海（劉東）、饒宗頤在新加坡（楊斌）的人生軌跡，但這兩位主角最終都魂歸香港。二十、二十一世紀之交，人類學家（曹南來）遠赴巴黎、羅馬，尋覓的卻是溫州的身影。即便是文學創作，兩位作家（馬家輝、陳志堅）既生於斯長於斯，自然亦從香港出發，或在九龍碰上李小龍，或到上海尋覓魯迅。

倘若讀者覺得老師們的文筆太老氣橫秋，不妨來點「小清新」，讀讀城大本科生的文學創作——特別感謝潘步釗博士和陳志堅博士兩位中學校長為本系開設文學課程，給學生悉心指導，並多年擔任本系主辦的「城市文學獎」顧問和評判。二人合編《城市微縮》，收入本系和城大其他學系本科和碩士生的散文作品，他們對同學的讚許和鼓勵，想必比本校老師更為中肯。同時要感謝的，是本系同事范家偉，他編輯《鑽燧薪傳》，收入多年來碩博士在讀和畢業生的學術論文，邀請校外人士評審，敦促同學改進，一如既往地為學系的研究生教育嚴格把關。

同事們平日在辦公室大部分時間都埋首書齋，即便在走廊碰面，也只是匆匆點頭問好，隨即返回自己的天地，所謂君子之交是也。師生在課室相見，花開花落，又是一個畢業季，又是一個開學日，都未必記得彼此的名字。同事師生間的相識與相遇，儼如城市行人擦身而過，份屬隨緣。猶幸的是，「叢書」將接近五十位作者和編者通過文字和出版聯繫在一起，有史學有文學，由考古學到人類學，自戰國時代至二十一世紀，給讀者呈獻一趟歷經古今中外數十個城市的超時空之旅。各部作品體例不同，寫作風格有異，但都不會因為篇幅短小便顯得內容膚淺，而是盡量做到言之有物。讀者若能從叢書序號 1 讀起，一本一本讀到第 12 號，浸沉在昔日都城的繁華盛世，看到它們煙飛灰滅或今不如昔，則對自身有生之年所目睹的城市興衰，不會感到不解或感傷。最後讀到年輕人的寫作，聆聽他們對城市的觀察與隨想，理解他們在微縮的時空裏，如何把文字化作一道掌風，對抗遺忘，最終夢遊至那「不存在的城」，也許便是希望所在，亦算是我們出版本叢書的一個不經意的成果。

程美寶、陳學然　謹識

2024 年秋冬之際，深水埗與九龍塘之間

目錄

輯 二

街角掌風

前　言

關於起步的理由

大概五年前開始習慣於晚飯後散步，起初，只走半小時，漸漸，一個小時，再漸漸，一個半小時，直至汗流浹背才歸家。剛開始只不過為了維護健康和緩解壓力，到了某個年紀，跑步據説容易傷膝，唯有一步一步地慢速前行，不緩不疾地，讓這部叫做「肉身」的機器不至於崩壞得過急。

而後來竟然走出了養生和減壓以外的樂趣。

散步時，喜歡在橫街窄巷的裏裏外外徘徊，用眼睛去看，用耳朵去聽，用鼻子去嗅，探索正在發生和曾經發生——以及未來有可能發生——在路上的故事。路的故事離不開人的故事，所以當我們談路，免不了都是在談人。人的喜怒哀樂與貪嗔痴，挫敗與狂喜，惱恨與嚮往，一代一代地輪迴，往往相近，卻又各以不同的形式進行、實踐、碰撞、延續、中斷……世上不可能有「千人一面」。千人，反而很可能會有萬面，説出來和沒説出來的話，真正做了和想做卻未去做的行動，心裏的光明和黑暗以及在明暗之間的曖昧，所有人的故事其實都是尚未終結的故事，沒有定稿，有的只是裂縫和表象，裏面有着太多的空間讓任何人各自以不同的方式去述說、想像、添補、質疑、讚嘆……而這也正是聽故事和説故事的最大趣意，故事替所謂現實打開了無數的窗戶，個體生命和整體世界都由是變得更有彈性、更為廣闊。

所以，你手裏的這本書，絕非什麼歷史考據研究之類。不不不，它志不止於此。書裏的文章，説的是故事，只是故事，是屬於街道上的人的故事卻又同時是我的故事，而世上所有述説都是「人我不分」的，我的視角我的腔調我的語言，我把故事寫下來，印成文字，而如果它們能夠讓你讀得下去，甚至讀來找得聯想和啟示，從某個角度看，這等於你其實在過往數年以來都在陪伴我走路，都一直在我身邊，那麼，我是高興的，更要對你道聲感謝。

起步了，便停不了。時代無論是黑暗或光明，腦裏的思考，筆下的文字，總能找到走下去的理由。

輯一

夜巷雨聲

一

散步時間學

1. 城市的日月星晨

黃宇軒出版了《香港散步學》，圖文對照，引領讀者探索街頭巷尾的細膩幽微，凸顯了常被忽略的城市質感，難怪成為香港我城的暢銷書、長賣書。

在出門旅行困難的時代裏，這樣的書，讀來倍有感慨。原來用雙腳走在路上，我說的是慢慢地走，用心地走，在再尋常不過的路徑裏亦可以尋得旅行的趣味。小旅行，小日子，原來一直錯過了身邊的這許多人事物，直到翻書覽圖讀字，才恍然，下回必須把步速調慢，慢些，再慢些，也要不斷提醒自己把頭抬起來，把眼睛從手機屏幕轉移到身邊的前後左右，甚至不妨坐下來，找個角落，靜心觀察。這才真正叫做在城市裏生活，而非只是，生存。

無法不承認自己後知後覺。近兩年才開始愛上走路，初時只是為了健康，慢慢走着，走着，已經變成為了走路而走路。當展步行走，煩惱會沿血管往腳底流去，彷彿腳下有個神秘洞口，所有煩愁惱怒會經此流走殆盡。好吧，就算不是百分百，煩惱重量亦減輕到可以接受的地步，由此能夠妥善應對，不像從前，情緒積壓在腦海，時刻有被壓垮的不安。

記得許多年前在報社工作，偶爾和《明報》老總張健波和執總馮成章飯敘於杏花邨商場。吃飽喝醉，也談得盡興了，仍得回去上班，我搭的士，他們卻堅持走路。我瞪大眼睛，不敢置信地說：「走到腳軟，等陣仲邊有精神開工？」

總編輯張健波笑說：「你信我吧！愈走愈精神，唔走路反而做唔到嘢，等你老啲，你便明白。」

當時我確不懂，唯有當時候到了，有些事情，忽然地，就會懂。

讀完《香港散步學》，有了有樣學樣的衝動，很想也寫一本《香港四時散步學》，把時間面向加進去，勾勒出同一個空間在不同的時間下所展現的不一樣的面貌。時間是重要的。相同的巷道，早上六點半和傍晚六點半，味道與氣息皆截然有異；至於下午和深夜，光線變了，人流改了，身處其中亦常錯覺去了一個全新的地方。至於每周的星期幾，是炎夏抑或寒冬，景觀和氣氛更是變化多端，所謂「歷久常新」，也許就是這個意思：地方是長久熟絡的，眼睛所見卻是日新月新常常新，不會悶，不會厭，只要認真對待空間，空間自會給你驚喜的回報。

而時間亦包含了年歲。就算是地方相同，就算是景觀和人流也一樣，但你已非昔前的你，你在時間裏有了心境和際遇的改變，因此眼下所見皆「新」，你用新的自己來跟外界對應，新的敏感，新的聯想，在散步裏，你會嗅聞到不同的氣味，看見不同的色彩，聽見不同的聲音。散步，本是如此奇妙。

韓國男星河正宇嗜好散步，曾說：「我累了，我要走路了。」其實，累要走，不累也要走。走路是王道，不信張健波，也該信我。

2. 天后廟外的綠馬

走近深水埗的天后廟，晚上九點多，門已關，也鎖上鐵閘，在門和閘之間有片二三十呎的空地，牆邊擱着一匹紙紮綠馬，高兩三呎，綠身紅眼，廟門上有微弱的燈光照射下來，似是舞台上的道具。汽車在馬路駛過，影子在馬身上掃過，恍恍惚惚，隔欄望去容易錯覺紙馬有生命，是活的，會動。說不定當時辰到了，他會嘶鳴一聲，然後揚蹄疾走，衝破鐵欄奔向某處黯黑。

路經此地的小孩子想必感到害怕，而且一怕便是幾十年，兒時的陰影留在腦海，陰森的記憶，平常也許不記得了，但在某些時刻，惶恐的感覺突然蹦跳出來，重重壓住心頭，隱隱有不祥之感。

幾十年前我在香港殯儀館附近街頭，無意中看見燒衣度亡儀式，孝子賢孫披麻戴孝，圍着火盆轉圈，旁邊有道士念經，呢呢喃喃，儘管是機械性的聲調，卻因為低沉，便有哀傷；低沉的調子總是有召喚悲淒的效果，不管是甚麼說唱內容，只要是低，便會悲，聲音像一塊塊的磚頭把你的心往下壓，再壓，壓扁你的情緒。幾十年後我仍然記得那畫面，那聲音，以及那種過於早熟的無常感。偶爾情緒鬱悶，會想起那夜場景，如陰魂不散，永遠不願離開我的記憶去重生投胎。

其實天后廟門外的紙紮綠馬，在民間習俗裏象徵的並非悲傷而是喜事。馬的任務是迎接貴人，把貴人燒到地府陰間，助先人一臂之力應付各式難題。千萬別天真，以為「一死永逸」。人死了，煩惱的事情多着呢，還得像在人間一樣，有貴人扶持始可擺平煩事。而綠馬既要把貴人護蔭送給死者，亦要把死者的祝福從地府傳回，責任是雙向的，非常忙碌，而且無法退役，比跑馬地的馬更慘情。所以，最高興的人恐怕是祭品紮造師傅和廟宇人員，既有酬勞收入，又能讓燒衣的善信感到心安，純屬自願，不存在強迫威脅，這錢，賺得光明正大。

有人研究過香港的「祭祀產業」有多大的經濟規模嗎？道觀的？佛廟的？打齋的？骨灰龕的？大大細細，加加埋埋，不知道僱用了多少工作人手，又創造了幾個 GDP 百分點？印象中，日本學者志賀市子曾對香港道教的產業規模做過分析，終究是日本人，做學術研究，細緻具體，不會只是把舊資料搬字過紙地、不問真假地抄來抄去。真希望讀到更多的相關研究。

前陣子跟一位民俗學者聊天，他提到香港許多廟宇皆供投標營運，但要先上網考試，確認具備基本的宗教知識，合格了，即可競投，價高者得，勝出後便可搖身一變成為廟祝。他說，有幾間離島廟宇因為香火冷清，無利可圖，乏人問津，故常流標。我聽了竟然心動，暗暗考慮低價投番個「廟宇管理權」，過一下廟祝癮。馬廟祝，新名字，也不錯。

3. 二十五年的腳步

在一九九七年後的二十五年，忽然想做些如韓劇般的煽情之事，返回杏花邨，返回在香港第一間租住的房子下面，走一走，算是紀念或悼念——為了消逝的青春，為了遠去的激情，為了愈來愈模糊的理想。也為了那早已大變特變的生活方式，我的，我城的，所有人的。

那時候的工作地點在柴灣，就近選擇了杏花邨，圖個出入方便。杏花邨分為「上」與「下」，以地鐵站為界。我住上杏花，四百呎的單位，一家三口，在我城，可以了。那時候的杏花邨仍屬於飛機航道範圍，由早到晚有巨型客機駛經天空，轟轟隆隆，震耳欲聾，猶記得第一個晚上根本無法入睡。當飛機來時，噪音使人膽戰心驚，老一輩必聯想到戰時轟炸，老者不宜住杏花。然而，到了第三四個晚上，已經習慣了、麻木了，聽若罔聞，好夢甘甜如舊。人的「慣性」，有時候雖是劣根性，有時候卻頗能助一個人或一群人活下來，無論如何，活下來。

杏花邨是個非常安靜的社區，地理位置就讓她成為「獨立王國」，因為沒有大型商場，除非路過轉車到柴灣，否則沒有強烈的動機「入侵」。此地住民亦以小中產、小家庭為主，一住便十多廿年甚至卅年，出出入入，朝見口晚見面，儘管很少打招呼，卻心照不宣地看着彼此老去、對方的孩子長大。社區雖有新店舖，但變化極微，區內整體佈局這些年來一模一樣，天空倒是早已沒有飛機呼嘯而過了，如此寧靜，猜想比我城的所謂「五十年不變」更能五十年不變。

我在杏花邨住過四個單位，租的買的，細屋換大屋，就是捨不得搬離社區。那年頭在報社上班，記得六月卅日的夜晚，下着雨，十一點多，我從報社冒雨趕回家中，為的是跟家人齊齊坐在電視屏幕前，見證歷史一刻。一家三口，只有我在香港土生土長，影像映入眼裏，觸動的情緒遠比她們強烈。

不記得自己有沒有哭了。只記得，換旗過後，我返回報社簽版，路上濕雨綿綿，心底是冷的熱的輪替着湧現極端的情緒。走幾步路，心情非常激動，彷彿經歷了時代的變遷，但更大的巨變亦在前頭，可是説不清楚會有何變化和何時會變，然而再走幾步，又忽然平靜下來，似乎每個腳步就是每個腳步，無論世態如何變亂，終究要把路走下去，要踏出每個平實的步伐，而且就只是自己的步伐，誰都無法代替你行走。

回到報社門前，一切如舊，編輯桌上仍有如山的版面待你審閱和簽名。待到深夜了，把工作處理妥當，下班回家，洗澡睡覺，明天將又是新的一天。至於會否如張愛玲筆下的振保一樣，睡醒之後，又是個好人，連自己也無法確定。

廿五年的腳步走下來了。活着，真的是最重要。

4. 快樂餅店

幾天以來一直想去「快樂餅店」，但在網上見到排長龍的照片，打退堂鼓了，不希望大熱天時在路上站立一個鐘頭，快樂變成不快樂，留下灰色記憶，反而不妙。

而亦必有人同樣不快樂：餅店旁的其他店，門口都被人龍遮擋了，生意很難不受影響，店主心情不可能快樂得起來。雖然理解，但當切身利益受損，一切便成另一回事——如果仍然高估生意人的同理心，我這歲數，真是白活了。

十多歲時住灣仔，餅店是常經之地，但不一定光顧。主要因為餅店附近有間玩具店，一位高瘦的老闆，懶洋洋地癱躺在藤椅上，孩子們進店東摸西碰，他不介意，也許是懶得介意，寧可半閉着眼睛睡覺。也可能因為他也有幼齡子女，明白孩子在看見玩具時的雀躍心情，不忍心掃他們的興。總之，是個好人，我感激他。

尤其感激的是，有一回，我用存下的利市錢買了一塊滑板，玩不到兩天，心疼鈔票，後悔了，把滑板拿回去要求退貨。至今記得他的眼神：猶豫了一陣，想拒絕，卻心軟，點頭答應，只扣了廿元略作「懲罰」。多年以後再到灣仔，玩具店早已不在，善良老闆的瘦削身影卻仍在我的記憶裏。

「快樂餅店」有四十多年歷史，最初取這名稱的店主，必然亦是善良的。快樂地做餅，快樂地賣餅，讓顧客快樂地買餅和吃餅。每回經過皇后大道東，從對街望過去，見到餅店招牌的四個字，心裏已經冒起快樂感。那是溫暖的提醒，人間紅塵，混沌濁世，能快樂時且快樂，愁苦的日子多着呢，千萬別放過每個能夠寬懷的片刻。

過去幾年也幫襯過幾次。賣餅的中年女子竟然認得我，猜想是《明報》讀者吧，邊收錢邊問：「咦，瘦咗噃，身體幾好嗎？」我點頭笑道：「唔多好，所以要來買你們的餅，快樂一下，心情好，健康便好。」每回我買的都是蛋撻和雞尾包，買完例必站在餅店旁邊的大廈鐵門外趁熱享受，新鮮出爐，熱騰騰，暖口也暖心。有一回我帶台灣的音樂研究者焦元溥遊覽灣仔，兩人站着吃包，慵懶閒散的下午，他吃得眉開眼笑，能讓外地人感受到我的「家鄉美食」，這快樂，又是雙倍。

「快樂餅店」的外牆貼着黃色瓷磚，算是古典風格吧，因為年深月久，是真古典了，跟附近利東街的堆砌古典完全是兩副模樣。利東街的豪宅和豪店門外，一年到晚懸掛着紅燈籠，跟當初許諾的「文化保育」願景完全走樣，新的不一定是壞的，倒幾乎必是浮淺的，故事畢竟需要時間沉澱，尤其對於故事的回憶和重述，更急不來，需要幾代輪迴才稍稍有可述之事。

曾有一晚，我在灣仔逛蕩，利東街的燈籠霓虹下，錯覺自己像回家報夢的魂魄，可惜，迷路，尋不到家門了。

5. 獨自深度本土

周末計劃到靈渡寺走一走，路線是從九龍塘出發，到了寺廟上過香，便到旁邊的竹林逛一圈，再到附近的山邊看看墳，然後驅車離去，前赴元朗尋覓吃喝。元朗必是人頭湧湧的，正好用剛才累積的「寧靜儲備」做能量，足可在喧嘩鬧市裏安心享受美食。

靈渡寺是我去過最寧靜的寺廟，也許因為在元朗廈村，交通不便，香客不多，遊客更少，到了廟裏可以放慢腳步，是參拜而不是參觀，有飽滿的虔敬感。

在宗教場所裏的虔敬，不僅是由信眾付出予神衹，更是信眾對自己的「獨白」，你信仰，你叩問，先不論是否真有神明或者神明是否真能聽見，至少，你一清二楚，你是有所敬畏的，你是有所盼求的，虔敬感於心底油然而生，能夠讓你更聽得見自己的聲音。如果周遭嘈雜不堪，再多的叩問與敬畏必只流於「念口簧」，只剩儀式性的禮儀意義。觀寺看廟，千千萬萬要肅靜，一旦發現吵鬧，最好轉身即走。

靈渡寺據説現身於一千五百多年前，杯渡禪師南來渡化，駐錫於此，漫長歲月裏改過幾次名，靈渡道場、大雲寺、白雲觀，終於回復舊名。寺旁有小山坡，寺廟原在山上，近兩百年前重修時移到山下，且因風水考量，把寺門開側，有個説法是，山形似虎，號稱「虎坡」，向側立門，可令寺廟遠看如伏虎，好好保護廈村的鄧氏宗親。幾十年前又重修了一趟，只保留了大門，其他三道牆皆為新物，卻仍有虎勢，長長的石牆彷彿天長地久，有着質樸的撼動力量。

寺外門楣上，刻有「靈渡寺」三字，為清代大鵬協副將張玉堂所書，他曾鎮守九龍寨城，跟英國佬打過仗。門內迎客室的橫樑上掛着「道從此入」牌匾，為廣東清代最後一位狀元梁耀樞的字。清末民初先後有一些翰林、進士之類「太史公」南遷香港，或長居，或暫留，遊山玩水和參禪拜佛時皆喜留下墨寶，梁基永先生在近著《道從此入：清代翰林與香港》有詳細述説，非常具有參考趣味，甚至可作「另類本土觀光」指南，到港九新界四處走動，把書捧在手裏，邊走邊對照查閱，必對眼前景物有了穿越時空的認識。

舉個小例子：九龍廣華醫院牌匾上的四個字，便是黃玉堂的手筆，他是一八七四年的進士，授翰林院編修，曾來香港，應邀用楷書寫了「廣華醫院」的莊重牌匾，上環廣福義祠（又稱「百姓廟」）門前的對聯亦由其所書，昔日你到這兩處地方，匆匆路過不為所動，但若了解了背景，有了底子，想必多望幾眼，駐足細察，加深了跟歷史的心靈連結。

所謂深度本土旅遊，其實不必跟隨團體，買本書，獨行獨走，書頁如隧道，給你穿越的本領，在精神上返回老香港，比「新香港」有趣味得多了。

6. 戲院里

傾盆大雨之際在中環，尤其在黃昏，尤其在戲院里旁的地鐵 D2 出口，窄窄的巷子，雖然只有短短的路，因為人人手裏舉起雨傘，左右兩排，傘邊摩擦着傘邊，黑壓壓地像一群迷路亂飛的烏鴉，難免有希治閣電影的恐怖氛圍。

巷子其實不止是一分為二，而是三。走出地鐵站，順着出站人潮在中間前進。右邊是要進站的人，行色匆匆，雨傘壓着臉龐的上半截，口罩遮蓋臉龐的下半截，完全看不見五官。身體都窩縮在傘下，走路時不免左搖右擺，但前後排列整齊，也許是無形的「意念」彼此帶路，步速急歸急，竟是非常一致，有點像戲裏的湘西趕屍的陰森節奏。許多人更是邊走路邊瀏覽手機，小屏幕的藍光反映到顏色各異的口罩上，又添了幾分鬼火燐燐的詭幻感覺。

而左邊，擺着幾個小攤檔，印象中是天長地久地存在。有沒有廿年？卅年？也許只是錯覺。在模糊的記憶裏，這邊幾十年來都有攤檔。刻印章的，配鑰匙的，賣玉石珠寶的，數十年不變，彷彿連檔主的臉容也仍一樣，永遠是一些我以前視之為叔叔嬸嬸的人，大概四五十歲吧，但如今，他們該稱我做伯伯了，眨眼我已經比他們年長，而他們仍是他們。

所以他們不可能是他們了吧？除非是鬼魅。世間只有「不生」，沒有「不滅」，此乃人間真理。肯定是新一代的檔主而已。也許是舊檔主的子女，上一代老去凋零，新一代接手經營，猜想剛開始的時候可能是抗拒的，子女堅持靠自己的雙手打天下，但後來發現，天下原來多變難為，倒不如回歸「家族生意」，在固定的地點做固定的事情，只要仍有盈利，即有繼續下去的價值。

忽想起昔年住在灣仔，居所對面有間酒樓，門外有報紙檔，檔主是一對肥夫妻，臉圓得像西瓜，子女也因此都胖嘟嘟，倒模複製似的，不必去驗 DNA。我從小見到夫妻在顧檔，年幼的子女在旁玩耍，多年以後，子女接手了，兄妹輪流顧檔，我乍看還以為是舊檔主，只不過打扮比較新潮。再過廿多年，重回故地，見到一個年輕男子坐在報攤旁，DNA 太強大了，長得跟祖父母、父母有八成相似，我又以為是他爺爺，只不過穿着和髮型又摩登了一代。

一代接一代，攤檔上的報刊宇宙早已天翻地覆了，日月星辰無不移了位置，或墜落，或變色，然而顧檔的家庭仍然堅固頑強地存在。他們每天開檔收檔，整理報刊，眼見手裏的紙媒世界換了新天再換新天，他們，可能比誰都更懂得甚麼叫做「無常」。

走出了戲院里，仍然風急雨狂。人人縮着脖子撐傘，彷彿怕的不僅是雨而是一天比一天低沉的時代氣氛、一日比一日恐怖的封鎖氛圍——黃雨紅雨黑雨，在心裏，其實每天都在發着信息。

7. 人間無路月茫茫

周末看了個小型的電影海報展。在老社區的唐樓，長長的木樓梯，忽想起小時候在灣仔，走過類似的樓梯級，晚上，漆黑一片，只憑感覺一步步走上去，心驚膽戰。突然，樓梯高處有腳步聲，緩慢地走下來，走近我身邊，才隱隱見到是一名老婦人。我側身讓她走過，回望她的身影消失在黑暗裏。至今我仍狐疑：是人？鬼？妖？仙？

那唐樓早已不在了，沒想到那身影卻仍隱藏在我腦海某處，這天像招魂般，浮現眼前。可是仍沒答案。仙？妖？鬼？人？抑或她根本不曾出現過，純粹是年幼的我在恐懼下的錯覺？「洞裏有天春寂寂，人間無路月茫茫」，忍不住想起這兩句，看展，也就不專心了。離開時，真想坐在樓梯級上，守候當年的老婦人再次現身。

展覽場所在大南街上，一幢唐樓的一樓，二樓是皮革工藝店，地面亦是皮革工藝店，站在樓梯前，陣陣強烈的皮革氣味衝入鼻孔，換作以前，必覺得很臭，會作嘔；奇怪，現在卻剛相反，氣味由鼻入喉，初時有微微的刺激，和辣，但很快便轉變成厚實的溫馴氣息，彷彿把浮動的心情壓住，令我覺得心安。

想必是年歲會改變感官，正如年輕時不懂欣賞苦瓜的甘，年輕時也不嗜普洱的純，直到某年某月，忽然，懂了。大南街上有不少皮革店，所以，其實不僅文青們該去逛，即使是「文中」和「文老」，即使只是為了鼻子嗅覺的福利，也值得偶爾去走一走、聞一聞。

那天的展覽場地是由幾個「文中」租下的單位，猜想是希望有個聚腳地，自己辦辦文化活動，也短租予人辦活動。真是有心人。這類空間近兩年在深水埗、太子一帶頗為興盛，展覽也好，座談也罷，規模不一定大，參與人數亦不見得多，有點接近「圍爐」性質，但圍爐有圍爐的溫暖，尤其值此時代，世情的寒冬，而且看來會愈來愈寒，更需要有取暖的爐火，像在寒天雪地走動，遠遠看見一陣煙霧，也嗅到柴火的燃燒氣息，就算距離有些遠，心裏仍覺自在，知道有人活着，有人醒着，有人在火堆旁邊説着故事，只要有機會，有意願，想辦法走近過去，即可看見希望。

當然除了圍爐，小型文化場地亦有「看與被看」的獨特功能。To see and be seen，對文創產業非常重要，尤其對「文化初創者」而言，更是關鍵。大型展覽或官方活動，篩選重重，設限處處，而且耗時良久，找尋資助的力氣更是大得使人沮喪。但在小型場地裏進行，説做就做，動態靈活，自由度大得多，讓年輕的創作者有機會出道，讓人看見，被人知道，是撐持他們往前走的一大力量。租了場地的「文中」

們，不妨在這方面多與人為善，多開放空間給「文化初創者」，自是另一種文化功德。

8. 喃嘸山

深水埗成為強檢重災區，小店冷冷清清——除了大南街上的文青店。

文青們或許比較勇敢，自恃身體強健，頂得住病毒，又或看了許多網絡信息，知道就算中招了亦可幾天痊癒，不必太擔心。何況青春的荷爾蒙爆發起來，必須出門走動始可「排洪」，於是，去大南街找尋同聲同氣的同類，打個卡，拍張照，貼網上，沒有辜負轉瞬即逝的盛放年華。

其實農曆新年假期那幾天我也去過大南街，店舖十之八九在門上貼着休市告示，但幾間文青店依舊中門大開，輕食，咖啡，年輕的顧客擺好姿勢坐在椅子上，彷彿無時無刻都有相機拍住自己，「鏡頭感」非常強烈，把青春銘刻在數碼影像裏面，便是永恆。有些人坐在門外，左腿跨搭在右腿上，右手肘支着右手臂，指間夾着煙，偶爾輕輕吸一口，吐出煙霧，自成一「圈」，在煙裏霧裏佔領了自己的天地。他們大多只是「玩煙」而非抽煙，青春之優勢本來就在於玩得起，有足夠的閒裕讓你浪費；時間苦短，歲月苦長，若不經過耗費的階段，日後營營役役，連這無所事事的記憶也欠奉，便太淒慘。年輕的時候千萬別太忙碌，不然，後悔無從，忙亂的青春其實是最可憐的青春。

大南街之名，據説來自越南蜆港，DaNang。深水埗昔日是海岸，有碼頭出入，船來船往，貨上貨來，碼頭旁邊有許多貿易所和貨倉，跟不同的城市做生意，大南街這邊的主要客戶來自蜆港，街道便索性以該港為名，卻又不直呼其名而只取音譯，大南大南，近似陶淵明《時運》的「有風自南」，在金錢往來以外增添了古雅趣意。

深水埗的取名便全無轉折了。「深」水而有「埗」，以地景特點為名，唯恐世人不知此地之水深港闊。其實其他地點亦是。「長」沙灣，一聽名字幾乎已在眼前浮起一彎綿長的岸灘。「淺」水灣，相對於「深」水灣，深淺有別，聽後即明。「石」澳，灘前亂石，亂濤拍岸，可以想像不同世代皆曾有人站在石上，舉起手掌在眉上，眺目遠望海洋天空，海浪冲打過來，他連忙走避，或根本原地不動，任浪水濕身，把靈魂腦筋濕得清清醒醒。「赤」柱呢，則是紅彤彤的火成岩佈滿岸邊，怪石嶙峋，像野獸般張牙舞爪，夜晚隨時突然活化，撲過來，吞噬來此拍拖的男女；又似火焰般熱情，替拍拖男女陪奏音樂，讓他們的情慾愛貪燃燒得更熱烈。

至於深水埗內的嘉頓山，我最好奇。好久好久以前被稱為「喃嘸山」，只因常有喃嘸佬前來打齋超度山上孤墳，其後有了嘉頓麵包工廠，改名了，卻又只是大家喊喚而非官方地名，箇中轉變，我一直找不到文字紀錄。地名之出現與消失，自有因緣，也許，不問也罷，隨緣而喚，亦是另一種因緣。

9. 每日打足三份工

深水埗白田社區會堂門外排着長龍，是個大斜坡，隊伍逆坡而上，隊尾已經到了山腰，寒天裏，一陣風吹過，坡旁樹木沙沙晃動，葉子紛紛墜落，一片蕭索落寞。

開車駛經見到有老有嫩有男有女，都是尋常人家，在不尋常的疫情時勢裏做着無可奈何的事，滿臉漠然，也許皆已疲憊，連憤怒也懶得憤怒，做就做吧，見一步走一步，且看何時復見亮光。

眼前忽然浮現一幕影像。是小時候跟媽媽舅舅排隊，在灣仔街頭，排着的除了是老老嫩嫩和男男女女，也有一個接一個鐵桶木桶膠桶，街喉嘩啦啦地放水，年幼矮小的我望不見成年人的臉孔，卻清楚記得喧嘩嘈吵，那時我不知道甚麼叫做慌亂，直到長大回想，對的，就是慌亂，吵聲裏有着強烈的慌亂感、末世感，對那經常制水的年代，我深深記得這一天。

所以今天陪同父母前往檢測的孩子們，到了長大之後，亦必記得這麼的一幕吧？站在成年人旁邊，爸媽在低頭刷手機，孩子可能也在刷手機，因為有了網絡，大家難免沉默，沒人有興趣開口了，僅有的聲音幾乎全部來自屏幕，播着影片或劇集，也許是好的，減低了喧鬧給孩子帶來的壓力；同樣是排隊，有手機沒手機，已是兩個截然有異的世界。

孩子終究會長大，若干年後，當他們卅歲，五十歲，甚至更老了，憶起今天的場面，或會以不同的形式予以重新述說。深水埗區議會於十多年前即曾資助推動一些項目，讓老街坊有機會對走過的生活歷程細說從頭，其中一項「口述歷史戲劇計劃」很有意思，找來專業編導，引導老人家們登台演戲，有說有唱有演有動，配上懷舊布景和多媒體影像，老社區的苦日子栩栩如生地再現於觀眾眼前。其後摘記出書，非常動人感人也嚇人，像一位老者說，六十年代為了「捱大啲細路」，只好日做三份工，他列出時間表：早上五點起牀，半小時後到達魚市場賣粥和油炸鬼，直到九點；九點到一點，到菜市場幫手賣飯；然後，匆匆吃幾口飯菜，轉到菜館洗碗，由下午一點洗到晚上一點才收工。之後歸家睡覺四小時。

另一位老者說，那年頭，一家六口住一百二十呎，唯有在路邊執兩個蘋果箱讓孩子當牀。待到女兒稍大，擺張碌架牀，幾個人上下擠睡，房間中央放部衣車，替人改衫搵食，也穿珠仔，穿膠花，房裏每個角落塞滿貨物，就這樣，一天一天，一年一年，孩子長大了，她亦垂垂老去，歲月只曾給她卑微的物質滿足，唯有見到孩子成長，即使不一定事業有成，她亦有強烈的滿足和自豪。

不知道類似計劃還在做嗎？區議會還熱中於記錄社區歷史？日後回望，今天的慌亂將是泛黃的回憶，滋味如何，也只好到時候再說。

10. 老樓房的最後生猛

大坑西邨是我晚上散步時必經之地，幾乎算是，除非我的目標是九龍城，那便需穿越又一城，否則，若朝最常去的長沙灣或深水埗進發，肯定要穿越那幾座老樓房外的空地。

寂寥，蕭瑟，幾座不高的樓房沉靜地圍住空地四周，像幾位老者如山坐着，無所事事地你眼望我眼。樓房牆壁有着明顯的剝落，幾十年的歲月折騰，似老者臉龐上的風霜紋路。我抬頭望去，十有五戶是漆黑一片，窗裏沒透出半點光線，想必已無人居住。至於有光的所在，通常在窗外吊懸着衣物，內衣外衣，毛巾褲襪，看式樣都是老派中的老派；也有人把鐵鍋之類廚具掛在窗邊，宣示着尋常人家的生活氣息。穿衣吃飯，無論老少，都要。

空地旁邊有條窄路，有十多級樓梯往下延伸，穿過一道鐵閘便是石硤尾地鐵站，明亮的燈光從站內照射出來，跟鐵閘後面的幽黯成了對比。走樓梯的時候，我總提心吊膽，因為好幾回遭遇過老鼠，吱吱地，慢條斯理地，在眼前走過，說不定還在心裏抱怨我入侵其地盤。

鐵閘近處有幢樓，才六七層，僅有幾戶燈火，有時候會看見一道身影出現於三四樓之間的轉角處，木木地站着，穿着最尋常的白色背心，灰色短褲，也許是孖煙囪，猜想有六十多歲，漠然地朝下望，不知道是在看老鼠抑或經過的人；再或，根本沒有任何人事物是他的焦點，他只是為望而望，用空茫的眼神在跟時間拔河。

是的，時間。據說大坑西邨早於十多年前已醞釀重建，卻受限於種種障礙，一直未成事。邨旁的鐵絲圍網上掛着兩三塊橫額，是邨民組織的抗議口號，字句已經褪色，多年來的風風雨雨給了它不少打擊，但它仍在，折射着頑強的鬥志。重建計劃近日似乎啟動了，新聞說已有具體的回遷方案，卻也說方案被部分住戶批評不夠公道，主其事的「平民屋宅」公司和他們之間仍有不輕的爭議，可能還要一段日子始可擺平。

其實最初見到橫額，我已對大坑西邨的來龍去脈暗生好奇，但一直懶得查考。此番認真探索資料，方明白這算是所謂「歷史遺留問題」，數十年前的一場大火造就了它的出現，建築、出租、管理皆由私人公司負責，業權亦在私人公司手上，這等於「私營廉租屋」，是香港的唯一。經歷了多年轉折，私人公司終於跟市建局達成協議，舊樓要拆了，新樓要起了，當前的任務便是妥善地安頓居民。

重建需花幾年時間，解約、回遷、賠償，諸如此類皆是權益爭持的議題。我無法判斷結果如何，只知道，這段日子行經該地，必可見到較多的人影身影，因為必有一次又一次的喧嘩的居民諮詢會，一幢幢老樓房，忽然多了幾許生猛。這是老樓房在告別人間前的最後熱鬧，多年之後，我們會想念的。

11. 看唐樓的方法

「看唐樓」成為一種城市散步的時尚活動，街道上，常見兩兩三三地有文青佇足，仰頸察看老舊樓房的前後左右。然後抬手舉機自拍，打個卡，剎那之間讓自己跟昔日的歷史接上了軌。新與舊，青春與老邁，在小小屏幕的清晰影像裏，無縫連結，日後將是他們的美好記憶。

看唐樓，既是對建築美學的欣賞，亦是對想像力的刺激。望向幾層的老樓房，樑柱、露台、騎樓，牆上的細微雕刻裝置，都在向你提供故事素材。只要願意，花點時間查考資料，用點腦力拼湊讀過的零散線索，你可以延伸出一段又一段的劇情，替唐樓舊主重建出他們的前世今生，像編劇般也似寫小說，你是導演你是作家。這一刻，你雖然站在紅塵鬧市，但你既在卻也不在，想像力把你帶回往昔，你暫活在樓房舊主的生活時光裏，此時，你不再是你，你是他們，早已不在的他們。

看唐樓，最好慎選時間。

舊房之美，其一在於造型輪廓，其二在於滄桑，它屹立在馬路旁，有斑駁的痕迹，如老人的臉額皺紋，一横一豎彷彿都隱藏着聽不見的嘆息聲音。甚麼時候能把聲音聽得最清楚？我的經驗是，黃昏，日落未落，天色開始暗淡，卻仍有光線，最好是略有西斜映照，那就是說，大概在五點半至六點半之間。

大白天看唐樓，陽光猛烈，儘管景象清晰鮮明，卻嫌跟樓房的老舊氣味稍有違和。至於晚上，燈光又太暗了，而且唐樓通常已無人居住，尤其被列為歷史建築的，大多烏漆麻黑，空置已久，那不礙於引發另一種想像，但略減了考察的樂趣。唯有在傍晚時分，光線半明半暗、不明不暗，唐樓在明暗不定的恍恍惚惚裏若隱若現，非常配襯它的蒼涼身世。在日落的對比光線下，樓房的輪廓特別突出，一層連一層，彷彿每個細部都毫不掩飾地暴露眼前。——何況夕陽西下，平添了「只是近黃昏」的詩意感慨，又有一番聯想的情趣。

其實，唐樓不止於能讓你用眼睛看，也可由你用腳步參與。有些唐樓沒有地下閘門，只有長長窄窄的樓梯，別怕，往前走吧，踏上梯級，一級級地往上走去，梯間可能沒有燈光，很暗很黑，也可能有蟲蟻蟑螂甚至老鼠之類，但仍值得探索，你不妨走上十級八級樓梯，站穩後，側身回頭，囑託朋友替你拍照。你彷彿成了樓房舊事的其中一位主角，樓裏，有舊主的喜怒哀樂，也有你的，你在此留下了身影，樓房從此有你。

我便常去深水埗醫局街 170 號的「一平」。那是第二代唐樓，採用二十世紀初流行的敞廊式騎樓設計，有兩條意大利塔司干柱，翻新過，粉白的牆上漆着「一平新款畫架」和其他幾句紅字標記。樓梯是開放的，我在梯間小坐片刻，視之為散步時的休憩站。

人不去，樓未空。城市畢竟仍在活着。

二
書店，書店

1. 閱讀投資

深水埗又開了一間小書店，夜晚散步經過，隔街望過去，燈光火猛，門外站了一群高瘦的年輕男子，抽着菸，嬉笑連聲。狹窄的店面也站滿了人，端着紙杯，不知道是汽水抑或紅酒，強烈的青春氣息隔得遠遠亦能感受。猜想是開張派對。

傳統的店開張，通常有花籃甚至高聳的花牌，昔日更有舞獅、拜神、切燒豬等儀式。如今不時興了，尤其年輕人的店，尤其書店，只要有人便已快樂，也許店裏會有簡單而熱鬧的切蛋糕場面，等同切燒豬；來賓的笑聲則等於鞭炮聲，甚至比鞭炮更響亮、更持久。而在這年頭，這場面，我雖然沒有親身參與，卻已隔街亦能體會到他們之間的「相濡以沫」的暖意。世愈亂，愈有必要靜心閱讀，透過知識和思考去理解、探尋未來的路途，否則只會永遠受困於迷亂的雲團裏。

閱讀，是「自我教育」，用俗套的語言說，是「人力投資」，替自己的頭腦增值；用文藝腔來說，是替生命增加一些厚度、寬度、高度。所以，雖然書價愈來愈貴（每本新書動輒售價一百五十元！），借書愈來愈難（許多具啟發性的書都被下架了！），卻仍有堅持閱讀的必要。

好吧，就從最具體、最現實的角度來算一算投資在閱讀上的「帳目」：假如每本書賣一百五十元，假設你堅持每星期讀一本，每個月的支出便是六百元，一年下來，是七千二百元。這數目，說少不少，說多卻仍不算太多，但一年內讀的四十八本書，已經足夠打開你的腦袋和眼睛，讓你看見一個先前忽略的世界和自我，然後，未來的漫漫長路，這筆「投資」將會持續地給你帶來回報，現實的，精神的。這麼算來，回報率高得驚人，確是極度精明的投資項目。

七千多元可以做甚麼？不夠供樓，不夠旅行，甚至不夠請個一對一的健身教練。好吧，就算能用這筆錢請個教練，練出了六塊腹肌或背肌或三頭肌，具有一時的震撼效果，但只要你稍為疏懶，或吃食稍為放肆，肌肉即變肥脂，打回原形，你甚麼都不是了，甚至比先前更為形格不堪。但閱讀所帶來的衝擊持久力卻非常漫長，書裏圖文銘印於心於腦，像把咖啡和水和奶和糖融而為一，你分不清甚麼是甚麼了，但你清清楚楚地品嘗到，嗯，那是一杯香醇的咖啡。

書價以外，是時間。忙碌日常，哪來時間閱讀？

其實如同工作以外的所有事情，無非取捨，如果你真決志閱讀，每天三十分鐘或一個鐘頭，有的，總可以有的，別再自己騙自己，別再替自己找藉口了。每天卅分鐘，一個月是九百分鐘，等同十五小時不眠不休地讀讀讀，非常足夠了。

就這樣試行一個月，好不好？然後，一年後，感謝我，我將替你高興，也就不枉寫這專欄了。

2. 店名

新開了兩間書店，書店都別致，容易牽動聯想。

一間叫做「獵人」，先前已有的，新店主新店址，卻沿用舊稱，獵書如獵人，但亦有可能是被獵之人。值此時代，閱讀確實往往被視同危險，因為有閱讀便有啟蒙有思考有批判，而這，皆易犯禁。

另一間叫做「留下」，聯想就更大了，去與留，皆不易，也都可以是自覺或無奈的選項，又或者，今天想留的人到了明天忽然要走，明日想走的人最終仍得留，糾纏不清，說不定連自己亦無法理順背後的考慮和感覺。值此時代，所有人有的都是「動態人生」，告別有時，離散有時，到這樣的書店，走到門前，抬頭望望招牌，不免已有淡淡的傷感。

其實城市裏一直有寓意深長的書店名稱。像十多年前由一群文青創辦的「序言」，書本的導論，作者的自白，暗含自創新章的大志。中上環有間「見山」，山是山，山不是山，開門見山，卻又讓山能見我，物我兩存，人書並悅，隱含禪意。

另外有「偏見」和「解憂」，名字具日系氣息，小而美，是紅塵裏的水蓮。「解憂」在大埔的街市內，書本從店裏擺到店外，唯望不會受管理員滋擾。萬一真會，大可對管理員說，為甚麼那些藥材店、花店、紙紮店亦是如此，你卻不管，只來限制我賣書？值此時代，甚麼荒唐的事情都會發生，不妨有「小人之心」，預先想妥應對言辭，須防人不仁，作好準備畢竟較穩當。

較老派的「樂文」、「田園」、「森記」、「我的書房」等小書店，名字各有來源典故，應該有人採訪店主，好好記錄。鄭明仁先生的「老總書房」是近幾年才有的店，名字直接道破店主身分，有傳媒人的霸氣，跟店主的豪邁笑聲非常脗合，可惜每天只開下午兩三個鐘頭，那是我的工作時間，所以一直無緣前往尋寶。

至於歷史更悠久的書店，如三聯、中華、商務等，店名樸實，卻自有滄桑的歷史轉折，曾有一段時間，它們替全中國的讀者開眼界、拓視域，那年頭，中國新潮，它們推波助瀾，功不可沒。今年是商務印書館創立一百二十五周年，它當初之取名「商務」，純因替商界提供會計簿冊的印刷服務，其後，編印教科書，大賺特賺，再策劃洋書翻譯，又撐持本土創作，當然也搞書店，全方面開拓市場，格局大，手面闊，非常了不起。商務的其中一任主事者王雲五，跟隨戰敗的國民黨去了台灣，繼續努力，就出版事業而言，算是「鞠躬盡瘁」。他是個很有趣的人，明天不妨談談他的故事。

至於「三聯」，由「生活」、「新知」和「讀書」三間書店合組而成，背後滿載血迹斑斑的理想激情，文化史上終究有其先行者的光榮位置，而我們，一如既往地相信歷史公論。

3. 圍爐書店獎項

某團體頒發了「獨立書店（圍爐）表揚獎」，自稱只是「圍爐」，純為打氣，不必認真。瞄一眼名單，帶點嬉玩味道，卻又飄溢一股暖意，因為獎項名稱貼切凸顯小書店的風格形象，常在書店出沒的人，不管是文青或文中文老，必會在心底説：哦，是的，就是這樣的。

有些獎項是一看即明。如「最有貓香的書店」，當然北角森記排了第一便無人可以排第二。貓咪成群，有的慵懶地臥伏在書堆上，費事理你。有的在書與書的夾縫間忽然喵一聲，是在跟你玩名副其實的「躲貓貓」童戲。有的呢，你一進門，她便咧嘴叫喊，彷彿嫌棄你的打擾。你只好躡手躡腳地找書，盡量人貓相安，這裏畢竟是她們的主場。

又如「最有大哥風範又不動如山獨立書店獎」，毫無意外是序言書室了。十多年前由幾個大學畢業生合資籌辦，守住西洋菜南街的紅塵一角，屹立七樓，靜看紅塵，用「豬肉枱」上的選書來回應浮世變動。我尤喜她營業到晚上十點，許多時候散步到鬧市，帶着滿身汗水進店打書釘或買一兩本書，探望貓店長，也跟坐在櫃枱後面的夫妻店主吹水幾句，白天的疲勞盡拋腦後。當年的文青，如今用一間精緻進取的書店像慢火燉湯般滋養年輕人的閱讀靈魂，這便是最有文化氣味的世代傳承。

至於其他書店，有些去過，有些沒，都不太熟悉，但看完獎項名單便心思思想走一趟。像「異次元閱讀空間獎」的瀞書窩，到底賣甚麼書種呢？漫畫？科幻？充滿好奇，必須抽時間瞧一瞧。像「鹹魚飄香獎」的渡日書店，想必是因為在長洲營業，店內盡是鹹味，而到底賣的又是甚麼書呢？除了遊客，當地人會買會看？像「無窮無盡小宇宙獎」的貳叁書房，像

「最菠蘿包無菠蘿嘅書店」的界限書店、像「最日夜顛倒的互動書店」的一瓢書店，統統在我腦海勾動了問號。憑這名單，看來這陣子我又要到處跑動了。

至於取得「最愛大家扶翼出版實驗獎」的見山書店、「書菜共生獎」的一拳書館、「令人驚喜又高質的選書」的神話書店，我是了解的。其中的一拳，因為近，較常遛逛，驚訝於其講座活動之頻密與受歡迎，可見策劃者之用心，亦見年輕世代的求知慾已經超越「相濡以沫」的圍爐階段。每回買完書，店員叫我選擇贈禮，菜、茶、書籤、布袋，一堆任揀，我都很不好意思。經營不易，我的老派想法是，能省就省吧。

對了，還有一拳旁邊的獵人書店，取走「最勤力更換門口佈置獎」，我高興。店門外長期擺着一張復刻款牛皮雙人沙發，很酷很有型，有日系美學的氣味，唯望民政署別有一天以阻街之名把它搬走，我們都會非常傷心。

本土旅行，逛書店，為了愛店也愛己。

4. 祈求更多的夜書店

文青書店圍爐選出的表揚名單，其中有「最日夜顛倒的互動獎」，一瓢書店，我沒去過，聞說是一位在補習社教書的年輕人，業餘自資開店，每月主打一本書，並由之衍生各式音樂、詩、短劇之類創作，夜晚讓顧客前來參與分享討論。

有時候要付費，有時候不。夜幕低垂，創想起步，若能堅持下去，將替許多年輕人創造了難以忘懷的月夜文學體驗。他日回顧，也許有人深深感慨，哦，是啊，我開始對某個問題有興趣、有思考，就是那個晚上在一瓢。由是感恩與緬懷，為文學，為青春。

前陣子看了芝加哥大學的講座影片，三位教授從其他學府前來，原來都畢業於芝大，也都不約而同地在發言時先感謝校園附近的獨立書店和社區書店，其中一位說，書店給我最多的並非答案而是問號，望向滿排滿目的書，我隱隱明白，讀書與其是探求答案，毋寧說是學懂不全盤信任既有的答案。閱讀求知，累積知識，是加法，是築城防禦，但亦是減法，是向已存的想法進攻。矛與盾，書店就是頭腦的「軍火庫」。

但我較感動於另一位教授的描述。他撰寫博士論文，沮喪之際，必到書店逛蕩，並非為了尋書而是「嗅聞」同類。有些是活的，跟他一樣陷於論文憂鬱情緒裏的人，彼此對望一眼，似是無言的打氣，彷彿都在心裏說，堅持吧，辛苦的人不止你一個。我也在。那便有了力量。有些是死的，便是書的作者，當他望見書本上的大師名字，想像他們昔年曾經艱苦奮進始有日後的卓越影響，他渴望自己的名字亦會被長久出現在書架上。書店之於他，是毅力的充電站，充飽充滿，即使空手離店，亦已收穫豐盈。

我雖不年輕，但對是次圍爐名單裏的書店亦滿懷感激。他們能夠維持營業多久，天曉得，畢竟是一盤生意，起起落落是尋常，但即使有一天關門了，他們的或長或短的存在已替這愈趨鬱悶的城市注入了光線，那些早被連鎖書店屏蔽或遮擋的光線，能夠燃亮包括我這資深讀者在內的「書本遊蕩者」，激發我們更多的思考問號。

稍為想不通的是，為甚麼文青書店大多七八點便打烊關門？年輕群體不是慣於晚上活動的嗎？七八點，可能才是他們開始尋樂的好時光，箇中的樂，包括逛街看戲喝酒吹水，但亦可以是到書店逛蕩啊。這麼早便把他們拒諸門外，未免掃興。尤其大南街那邊的店，有不少咖啡店、甜品店、小酒館，營業到十二點或更晚，周邊若無夜間書店，是氣氛上的損失，亦是生意上的失慮。

也許書店主人們亦是年輕人，夜晚亦要出門玩樂，那就懶得經營了。青春苦短，這亦對。來日方長，細水長流，港式文青有他們的時間秩序，急不來也不必急。

5.「見山」門前的那抹灰藍

有個午後在上環「見山書店」門前見過這樣的一幕，是最標準的「文青影像」：木桌前，鐵椅上，坐着一位長髮少女，短褲 T 恤，托腮看書，陽光映照下，散漫的眼神閃爍着青春的光芒。我猜她並未專注於閱讀，而是不斷用視線餘光注意着進出書店的人有沒有偷瞄她，偷瞄的眼神又有沒有包含讚美與欣賞。

這幕太似韓日台的小清新電影鏡頭，也許見過的人都不會記得太久，但少女卻必深深記住一輩子，這個午後，她把自己留在這裏，她的年輕歲月，她的文藝年華。這是「見山」，日後無論到了哪個歲數，見到山，見山如回「見山」，她將跟昔時的她重逢。

亦曾見一位少年，額前劉海幾乎遮蓋着眼睛，他低頭站在門前的木架子旁，專注地拎起一本書，放下，再拎起另一本書，又放下。背上揹着雙肩包，短褸，寬鬆的八分褲，卡其色的行山鞋。他的青春同樣跟「見山」重疊，他的身影讓我想起巴黎河左岸橋頭舊書攤前的其他少年，沉靜的姿勢，騷動的靈魂，有書便無分故鄉或異鄉。

「見山」門前有過的身影當然不只是年輕。尊子來過，邵家臻來過，吳靄儀來過，黃仁逵更是常來唱歌拉琴。都在門前的灰藍色石磚地台前，或午後或黃昏或夜裏，替寂靜的太平山街添上背景聲音，裏面都有理想與盼望，也有挫敗和嘆息，卻都不絕望，否則根本再無必要或説或唱些甚麼了。時代是詭異地沉重，也就只好在沉重裏自構輕盈，在輕盈裏瞻望前方，有書的所在便有樂觀的理由，同樣可以連繫異鄉與故鄉——門前的灰藍地磚像河水，be water，水在，夢想便在。

曾有一個夜晚，八九時了，書店已經打烊，卻未關燈，我湊巧開車路過，八卦地張望。兼職的店長告訴我，黃仁逵和朋友在閣樓喝酒歡聚，店員手邊也有酒，我不客氣地坐在門前跟她小喝一杯，天南地北聊了一陣，黃仁逵和同伴們要離開了，幾個人分別提着樂器推門而出，踏過門前灰藍地台，在昏黃的燈光下，恍恍惚惚地像涉水而行，沒有水聲卻又似溪聲潺潺。我們不熟，只點頭打個招呼，倒無礙於從心底冒起暖意。

不久後，聞說兼職店員離開了香港，和家人到另一個城市生活，在彼邦，見到了山，猜想仍會想到此地的「見山」。

聞說灰藍地台要被拆去。是可惜的，是遺憾的，但不至於惱恨。山可以是山也不是山卻仍是山，關鍵在個「見」字，你看見，你見過，以至於曾經踏過跨過於其上，那道灰那道藍便不會被荒誕的時代冲刷褪色。你仍在她的河裏水裏，直到你頹廢地背棄書本，那才是真正的道別。

想來已有一陣子沒去「見山」了，也許該抽空到一到，再踏一下地台，再跨過它一遍，不為道別，只為探望。見如在，不見亦如在，書店的力量正在於此吧？

6. 書場從此寂寥了

總是在朋友離開之後方記起尚對他或她有所虧欠，儘管通常並非大事，卻仍難安，於傷感之餘有着莫名的愧疚。真是糟糕。

我欠了鄭明仁先生一個帖子。

兩個多月前在中環的一個古舊書展覽上，遇見鄭老總。我主要是去聽另一場對談，原來下一場輪到鄭明仁開講，我因另有安排，無法留下，鄭老總照例熱情地拉住我合照，又叫我替他錄影兩分鐘。他瞪起眼睛說，你要貼出來讓你的粉絲看看。我照例點頭，而又照例點完頭便算數，紅塵多事，總是善忘。

忘不了的卻是鄭老總的朗朗笑聲。「哈哈哈！哈哈哈哈！」這不是倪匡的笑聲專利而亦是跟他有着相同生命熱度的人的笑聲，豪情萬丈，似是執着於生活卻又活得無比灑脫，拿得起，放得下。而鄭明仁最熱衷於拿的是書，到如今，人走了，對於書，就算放不下也要放下。但我猜幾年前大病過一場的他，早已看穿看破，不會捨不得的。

鄭明仁愛書，任誰都知道。我最常遇見他的場合便是書店，主要在深水埗的二手書店。燈火昏暗的小店裏，書籍擱得滿牆滿架，書架之間只留一條窄道，肚腩稍大的中老年人都不容易穿越。可是鄭明仁偏愛艱困地躋身其中。

許多許多次了，我進入書店，在書店間「巡視」，從右邊窄道走到左邊窄道，眼前忽然有條黑影，他背光，但我當然一下認出了他，於是高喊一聲：「鄭老總！」於是他回笑道：「哈哈哈！哈哈哈哈哈！」兩人閒扯了幾句，更多的時候是只點個頭，沒說話，各自繼續尋書觀書嗅書，像老獸一樣在書頁的氣味叢林裏繼續尋覓屬於自己的獵物。

有好幾回，我在近門處詢問店員或店主某些書冊消息，鄭老總竟然聽見了，隔遠喊道，家輝，這本書我有，過兩日拿過來，你來攞。有借有還，再借不難，如此一來一往，我向鄭老總借過五六本書，都是香港歷史類，為了參考寫小說。感謝他的慷慨熱心。

另外也常在旺角的二手書拍賣會上遇見他。他會出手喊價，有時候是要該書，有時候則純粹俾面朋友，不願意見到朋友所寫或所流出的書乏人問津。這是仗義了。即使他不競投，亦喜用聲音參與，坐在觀眾席間，不斷點評，「嘩，呢本係好嘢嚟！」「哎呀，呢本難得一見，買到就係賺到！」口水多過茶，卻不擾人，反而甚富娛樂性。他亦是網上「三劍俠舊書拍賣群組」的其中一位主催，同樣發言多多、競價多多，令組內氣氛如街市般熱鬧。

鄭老總辭世是太突然的噩耗。宋代王炎有〈宋可挹輓詩〉:「萬卷藏書富，千金市義多，斯人今止此，造物意如何。風月空投轄，煙波冷曬蓑，林間誰掛劍，清淚墮悲歌。」這讓我想起老話說「愛字不貧，藏書為富」。鄭明仁其實是極富有的人，他不一定有金山銀山，卻有書海字海，他在海水裏暢泳，累了，登岸休息，也許是無奈中的解脫。

遺憾的是，本地書場從此寂寥了。

三

那些年，已逝去的

1. 孩子的眼睛

某零食連鎖店據説全線結業，樓起樓塌，不免有一番唏噓。

回想該店最初現身，店名走日系風格，有日字，又自稱「良品」，店內商品顏色鮮艷地排列展示，燈火明亮，頗有小清新的摩登氣息。我不嗜糖，卻愛逛糖果店，就是喜其色彩艷麗，令我聯想到小時候看的洋電影，阿里巴巴的寶山，巧克力工廠，諸如此類，暗暗覺得只要有甜食的地方便有秘密；我喜歡秘密，秘密裏面有故事。

另一個喜歡逛店的理由是為了小孩子。並非只是自己的孩子，而是所有孩子，任何孩子，成年人帶他們進店，孩子們仰臉望向由地板排列到天花板的零食，不管是辣的甜的，皆包裝艷麗，閃爍爍的紅藍黃綠，更多的是金，像磁鐵般吸住他們的眼睛。孩子們總不禁微張嘴巴，瞪大了雙眼，明亮的眼神似兩顆小小的寶石，又如磁鐵般吸住我的視線。寶石裏有難得的純真喜悅，簡單，直接，不可抑住，容易滿足和感激；那是成年人失去的寶藏，只能從孩子的眼睛中尋回。

然而已經很久沒踏進那店半步了。若真要說原因，恐怕是嫌擠嫌吵嫌亂吧。貨品愈來愈多，放置得也愈來愈無秩序，經常站着幾個大媽店員，操着口音不純的廣東話，算是第一代的「譚仔話」吧，不容易聽得明白，只知道是吱吱喳喳地問你想買乜，賣力推銷，力度過大得近乎騷擾。原來「日系風格」純屬浪漫的誤會或誤導，名字是日式，服務卻是大江南北的混合式，店員的態度也非常港式，臉上表情不斷暗示，要買就快買，唔買就快啲走，唔好阻住做生意。

但話說回來，我城許多店舖皆如此，不管店舖裝潢或販售商品是日式美式歐式韓式台式，服務態度和品質依然是「港式」，眼神凌厲兇狠，節奏趕頭趕命，語氣硬綳綳，跟任何一間港式茶餐廳沒有太大分別。「港式態度」是意志非常頑強的東西，無論香港人去過多少地方旅行、如何欣賞其他社會的服務態度，一旦回到我城，一旦站在前線的櫃枱前，始終是十居其九地、十年如一日地，堅持用港式態度提供服務。旅行只是遊玩，並未對精神有任何啟蒙示範。

曾有一陣子，零食店內擠滿各路觀光客，或團購，或自由行，一年到晚都似過年時的墟市，氣氛是熱鬧的，歡樂滿堂，可惜不是我杯茶，從此不再有興趣光顧。想不到，成也敗也皆蕭何，當觀光浪潮退卻，一間本來尚算有賣點的店舖，兵敗如山倒。為甚麼不轉型，重新針對本地市場？恐怕有難度。該店的「商譽」近兩三年受到嚴重衝擊，許多年輕人聞其名即已厭其貨，而零食又主要以年輕人為目標顧客，難怪門堪羅雀，索性結業也許是好的選擇，輸少當贏。

要看孩子的眼睛，我只能回到玩具店了。

2. 藍雪櫃

「藍雪櫃」收工了，佐敦的紅塵浪裏，頓然黯淡。

這兩年夜裏偶然路過那段街頭，遠遠已經望見雪櫃，清澈的藍，明亮的藍，像是一潭立體的湖水，明明靜止不動，卻又流動着生氣。亦似有人剪下了一片藍天，把它貼在牆邊，驅趕黑暗，提醒所有人，所有有需要的人，信有明天，睡醒之後又是值得懷抱希望的新的一天。

湖水消失了，藍天閉幕了，那個位置空蕩蕩，路過時，難免悵然若失。據説「藍雪櫃」的收工理由是因為社會復常，完成了它的「歷史任務」，可以歇歇了。這個判斷並非不合理，然而倒過來説，如果藍雪櫃代表着一種精神、一種盼望、一種召喚、一種象徵，它便仍有堅實的存在下去的理由，不妨讓它繼續佔領紅塵一角——除非又有人以「美化市容」之名硬要把它趕盡殺絕。

復常，可以是昔日的「我行我素，你死你事」的「常」，卻亦可以是甚至更應該是努力讓「送你所想，取你所需」成為日常之「常」，時時召喚互助共享的人文理想。藍雪櫃之現身雖然緣起於前者之常，可是，一旦存在了，便已有了自己的生命和精神，指向後者之常；這樣的常，至少是它的理想，理該被繼續看見。

所以藍雪櫃在佐敦消失之後，不知道會否有人在其他地方讓它復活？以類似的方式讓它的精神「常」在，持續地提醒路過的人，互助共享之必要？甚至，是否有可能在它原先企立的佐敦街頭，最好是在原處牆上，像塗鴉般用湖水藍的色調噴出它的原樣，最好是立體視覺，讓大家記得它、不忘它？噴筆旁邊當然不妨加上幾句說明、來龍去脈，讓路過者明白簡仲文先生的初衷召喚。簡先生曾說：「如果可以喺度做到少少嘢，咁就一齊做，帶啲溫暖畀人。」直接用廣東話寫出原句，不是雞湯，不是金句，而是確確切切的實踐示範。

通關之初，有幾回路過藍雪櫃，見過若干文青在它旁邊舉起 V 字手勢打卡。他們半蹲下來，笑意盈然，把街頭景點收攬進手機鏡頭裏面。可能「小紅書」之類平台也曾介紹藍雪櫃，所以他們不感陌生，然而知道是一回事，親眼望見又是另一回事，猜想他們或多或少在當下現場會被撼動，難怪我曾目睹兩位文青少女從附近的便利店走出，抱着幾包朱古力之類零食，啪嗟啪嗟地跑到藍雪櫃旁，拉開櫃門，把零食塞進去。善良的年輕人，不僅替別人帶來美好，亦替自己的青春創造了光亮。而我覺得很好。零食向來幾乎是文青的「基本食品」，她們喜歡，便買了，汲汲於把自己之喜跟他人共享，箇中有着滿滿的純良好意，當有人前來拉開雪櫃，見到朱古力，尚未放進嘴裏已經感受到濃厚的甜。

再見了，藍雪櫃。也真希望「再」見你，在佐敦街頭，在任何地方，都能再見。

3. 原來有附帶條件

太子站旁的志記海鮮飯店將於月底結業，理所當然地引起一番關於文化保育的議論，相信許多人包括我在內，至今方知這幢被列為三級歷史建築的唐樓原來早已取得「歷史建築維修資助計劃」撥款，而附帶條件是，必須開放地面餐廳予公眾參觀。開放時間為早上十一時半至下午兩時，然後，下午五時至凌晨一時。

聽來是善政，但正如許多網民熱議，社會大眾知道有此「視覺福利」的恐怕不多，而更重要的是，也許連飯店員工也不一定知道。若有市民貿然在晚市時間闖入，不點菜，不消費，純粹齋睇，很可能會被員工拒絕，或被其他食客厭棄，豈不麻煩？

志記結業後，或有新的食肆開張，到時候，相關保育單位應該跟店主認真溝通，在推廣上和操作上想出兩全其美的方法，既不妨礙打開門口做生意，又可滿足市民的考察好奇心。魔鬼在細節中，天使同樣在細節中，千萬別讓良法美意淪為空言。

其實政府對於許多私人空間皆有「附帶條件」，只是常被有意無意地低調處理。譬如説，某些豪宅樓房的停車場，按規定要撥出若干空位，以時租方式讓有需要的外來車輛付費停泊，但許多豪宅的管理公司只在停車場入口豎起毫不顯眼的時租標示牌，猜想是刻意「趕客」，避免外來車輛「入侵」他們的尊貴空間。一般駕駛者忽略了箇中權益，只覺豪宅氣派奢華，自己沒資格分享停車場的一杯羹，可惜了，也蝕底了。

説回志記。我只光顧過該店一回，門口有一排大魚缸，內有魚蝦蟹之類，不算特別。特別的是高高掛在門前的霓虹招牌，綠框橙字，是地道的庶民美學。

店裏，燈火通明，亮着典型的「世界光」，白光管耀眼地亮着，彷彿五十年如一日地、頑強地抵抗店外世界的入侵。店面不大，客人多，據説常要等位，我去的那回也等了廿分鐘，桌子貼得緊密，食客大多是街坊阿叔阿嬸，也有慕名而來的文青，聲浪喧嘩，人氣跟海鮮一樣生猛。

至於食物品質，大概合格吧，我覺得。沒有失望也沒有驚喜，價格略高於同等級的街坊海鮮飯店，倒未算太貴。其實這類老派飯店，我最偏愛的始終是九龍城「南記」，是潮州菜，小小的店面，有閣樓，頗適合讓杜琪峯租來拍黑社會電影。該店連老闆帶伙記，不過四五個人，你坐下後，老闆會親自推介獨特菜式，甚麼合時，甚麼當造，有親切感而無壓迫感。我特別喜歡該店的凍烏頭和馬友，肥瘦合宜，想起即流口水。

志記近尾聲，唔幫襯都不妨去睇吓，香港人精神，千祈咪執輸。但其實若對「紙上遊」更感興趣，陳國豪先生的《尋蹤覓蹟》一書值得推薦，作者爬梳四代唐樓的前事和現況，條理清晰，帶你臥覽建築史，天時暑熱，點都好過出街。

4. 街市食肆

北角東寶結業，新聞說，「食客聞風捧場，整晚座無虛席」云云。

咦，不會只是結業之夜才滿座吧？平日不是已經一座難求了嗎？那本來就是個旺場呀，不容易訂到位、搵到位，到了結束的時候，多了懷舊的理由，更有熱情去一去，「眷戀」是糖，「回憶」是醋，用筷子夾進嘴裏的菜和肉，都有酸酸甜甜的額外美味。

很多年沒去東寶了，因為受不了這種「糖」和「醋」。去過三四回，食物裏頗多「師傅」，我有味精過敏反應，但因朋友邀約，盛情難卻，否則去過一次已很足夠。然而這不代表我不享受。在街市開餐，味道往往是次要的考量，真正圖的是「熱鬧」，比在其他食肆多出一份肆無忌憚。

從來不會有人把街市和安靜掛鈎，一個鴉雀無聲的街市，未免有幾分恐怖感。街市，是人間煙火的集散地，攤檔擺賣的是口舌的欲望，顧客前來亦是為了口舌的滿足，濕漉漉的地面，人擠人的窄道，不管有沒有豬肉威威，你走進去，滾滾紅塵，人聲鼎沸，腎上腺素立即飆升。有些街市據說已經「改革」了，地板光潔，燈火明亮，檔口通道寬敞暢順，這是另一種方便購物的樂趣，代價是降低了市井勁道，很大程度上失去了馬戲團般的繽紛氣息。

每回走進老式街市，我的目光常被掛在攤檔前方的橙黃燈泡吸引，它們懸吊在雞蛋或其他蔬果上面，無聲無息，卻似在向顧客招手。攤旁通常坐着個大媽檔主，穿着紅圍裙，藍綠間條長袖運動衣（有人做過統計嗎？不知何故，街市攤販似乎特別偏愛藍綠間條），只要顧客瞄一眼攤貨，她馬上扯開嗓門喊道：「又平又靚！唔新鮮唔收錢！」聲量足以把你的腎上腺素再度拉高十巴仙，連帶牽動消費衝動，離開街市之際，你手裏拎着的環保袋裏多了不少原先沒打算購買的乾濕雜貨。

所以，去街市開餐，盡量別搭電梯，不然會降低了「預熱」的體驗。最好直接走市場，穿越窄道，雖然時近黃昏，許多攤檔已經打烊，令氣氛有些「疲憊慵懶」，但那不礙事，反而會令你更感飢腸轆轆，肚子冒起一陣咕嚕，然後，你走到樓梯口，三步併成兩步，衝到二樓或三樓的食肆樓層，找到位子，找到朋友，坐下來，開始享用美味的晚餐。

但這樣的美味，毋寧更接近「風味」，低低壓着的天花板，人人街坊裝，喧嘩之聲不絕於耳，像波浪把你的亢奮一直推往高處。而且像東寶之類的食肆，習慣拿「戰鬥碗」讓食客喝啤酒，端碗猛灌，彷彿能夠增添酒精含量，沒喝兩三碗已經臉紅耳赤，張嘴説話並非「説」而是「喊」……你喊我也喊，桌與桌似在比併，卻誰都不會見怪誰。

街市食肆並不會因東寶而絕，但最重要的是，你要懂得欣賞。

5. 酒樓的樓梯

灣仔大榮華圍村菜停業，又有另一波的打卡熱潮，老街坊蜂擁去食大大個的叉燒包，拍照留念，日後好在照片裏尋回舌頭上的老滋味。

但，如果確是老街坊，總該記得該處的大榮華昔日只叫做「榮華」，也沒有「圍村菜」的加持吧？榮華酒樓就是榮華酒樓，好長的一段時間了，直至某年某月，忽然加了個「大」字，也把圍村名號掛在後頭，把灣仔和元朗兩個格格不入的地區直接連繫起來，雖是賣點，卻亦不無突兀，至少我，聽來即覺礙耳。

曾在駱克道和史釗域道交界的某大廈居住七八年，斜對面便是榮華酒樓，高高掛着的招牌夾雜着黃橘紅綠四色，像個永不拆下的花牌，望向窗外，一年到晚都有節誕的喜慶氣氛。地點就腳，當然變成日常飲茶的「飯堂」，家裏的長輩壽宴和中秋團聚亦大多設席於榮華，其後我雖搬離了灣仔，偶爾路過，遠遠見到招牌，眼前卻仍馬上閃現一張張人臉，喝得耳紅脖子粗，男的女的，眼裏盡是歡樂喜悅，但明明各有各的生活困頓，或婚姻離異，或兩代不和，也有的欠債纍纍，聽長輩們約略轉述過他們的挫敗，當時年輕的我不太明白為甚麼他們仍然笑得出來，更曾厭棄他們的「虛偽」。直到自己有了若干年紀，才恍悟，困頓歸困頓，挫敗歸挫敗，到了歡聚的時候，總不能帶來一張掃興的愁眉苦臉。除非不出席，既然來了，便要笑，這是人際間的義務和責任。而這，亦叫做成熟。

更何況，能夠為了某些理由，去到某個場所，暫時把困頓和挫敗留在門外，在夜晚的短短幾個鐘頭裏，看見熟悉的親友，談往事，湊熱鬧，「今朝有酒今朝醉，明日愁來明日當」，等於善待自己。生命苦短，多善待一回便是少虧待一回，切莫錯過任何機會。愁眉苦臉不會令困頓消失，亦無法對抗挫敗，反而，把幾個鐘頭的歡樂看成一次難得的「充電」，翌晨睡醒，説不定更有力量迎戰煩惱。

對於榮華，我的另一個深刻印象是大門裏面的長樓梯。去飲茶時，經常負責照顧親戚帶來的兩個孩子，大概六七歲，我其實亦只是十一二歲，在那沒有手機的年代裏，最大的快樂是一起「玩樓梯」，站在梯間最底處，包剪揼，誰贏了便可往上走一級，誰先走完樓梯誰便勝利。昔日許多酒樓都有長樓梯，記憶中，龍門酒樓有，雙喜茶樓有，英京酒家的樓梯更是雲石造材，寬闊厚實，一路迴轉向上，換作當下，必被視為危險，因為沒有地氈，孩子不慎跌倒即會受傷，但那年頭可沒這麼計較，危險就危險吧，氣派較為重要，笑聲與歡樂更重要，在樓梯上玩耍過，那笑聲，銘刻在心間，日後幾十年也不褪色。

酒樓的樓梯，終究是孩子們最關鍵的童年回憶。

6. 風前老淚滿江湖

追看了個多星期的奧運，在賽事與賽事之間讀到其他新聞，恍恍惚惚，略有虛幻之感。中東的戰火危機，俄烏的戰事延續，各地的水災火災與人禍，以至於熟悉環境裏的各式悲劇，工人的不幸失亡，車禍的血腥意外……如常地在發生中、進行中，有人在不休不止地哭喊中。觀看體育比賽可以暫忘世界，然而，暫忘並不代表消失，當關掉屏幕，回歸現實，人間依然全是混沌混亂。

於是，奧運之屏幾乎像叮噹的「隨意門」，跨踏進去，離開這裏，可以體驗一陣子的輕鬆。但問題是跨踏進去總有時限，總要回頭，總要歸來，在門的這一邊，依然烏雲密佈，雷電交加，遠方依然有戰爭，近處依然有淒涼；大門兩邊的強烈對比，真不知道是福蔭抑或是反諷。

八月了，為期幾近一個月的「哆啦 A 夢熱潮」或會消退。過去幾十天，我城各處皆可見到機器貓，無處不叮噹，算是繽紛活動裏的一個精采高潮。有一個晚上，心血來潮，跟朋友到尖東海旁觀賞拍照，到達時才發現原來需要預約，免費。只好站在遠處，隔着一條條藍色的尼龍圍繩眺望我的老友們，叮噹、大雄、肥仔、靜宜，也千方百計找個好角度跟他們遙遙「合照」。拍出來的效果不錯，彷彿他們也發現了我，也面對我的手機鏡頭展露熟絡的笑容，在跟我打了個熱情的招呼。

朋友説，其實有黃牛票可買，五十元人仔。只要按幾下手機，付款後，對方即會傳來二維碼，給檢查人員一掃即可入場。我覺得此事很不妥當，便拒絕了。我猜叮噹和大雄等老熟人也不會贊成。

其後我仍然沒有預約，倒另有機會親近了叮噹，而且是在一個有點不太協調的場地裏：廟街。

榕樹頭，天后廟，廣場上，竟然擺着個紙板叮噹，旁邊更有一道粉紅色的隨意門，平日這裏晚上暗淡無光，如今卻有微弱的街燈光線，映照着如斯童真的擺設，相襯於坐在四周的中老年人，氣氛突兀得略帶詭異。我蹲在叮噹和隨意門之間的地上，拍了照，也裝模作樣地在門框旁邊打卡，揮一揮手，彷彿馬上會穿越到另一個時空。

到底是甚麼時空呢？會不會從門的另一邊走出

來，眼前看到的是四五十年前的榕樹頭，有人擺攤賣雞腳和大腸，有人拉琴唱曲，有人表演魔術，有人講故事，有人賣白欖？會不會遇見四五十年前的長輩，他們或蹲或坐地享受屬於他們的夜繽紛？

走路回家時，我又想到，現下坐在紙板和隨意門前的中老年，也曾年輕過啊，而他們當年可能亦是叮噹迷，跟我一樣曾在《兒童樂園》上追讀叮噹和大雄的歷險傳奇。眨眼幾十年，這時候跟叮噹一起坐在廟前，叮噹望着他們，他們看着叮噹，機器貓年輕依舊，而他們憶起往事，卻已是，樹下昔談偷日月，風前老淚滿江湖。

四
只留下一抹憂鬱的藍

1. 希望一切都是注定

難怪一直有人説香港愈來愈似馬奎斯《百年孤寂》的南美土地，眾多的離奇事件，魔幻式的寫實現況，在在皆似寓言與預言，蔚為奇觀，裏面卻有深深的蒼涼啟示，百載輪迴，作家是創作卻亦只是詭異現實的加工者。珍寶海鮮舫之沉沒，自是絕佳的想像材料。

簡直像陳浩基《13 · 67》的推理故事了。先是後欄廚房失火失救，然後是，快刀斬亂痲地被拖到公海之上；再然後，據説是遇上大風大浪，船沉海底，打撈無從，災難連災難，一環扣一環，彷彿是編劇家花了心血才鋪排得出的情節。

而當海鮮舫沒頂之際，如果這是電影，便該有配樂了，最方便是用現成的《上海灘》，浪奔浪流，萬里滔滔江水永不休，淘盡了，世間事，混作滔滔一片潮流；不然也可用《大地恩情》，河水彎又彎，冷然説憂患，水漲水退，難免起落數番。歌聲寄情意，有請葉麗儀或關正傑，這回不必勞駕小鳳姐了。

如此命運，自可延伸出無數的背後猜測。商業操作的，政治陰謀的，以及，怪力亂神的。珍寶不是從誕生之始已經命途多舛嗎？一九七〇年動工，耗時一年多，快建好了，忽然因為燒焊花火惹起四級大火，火燒連環船，深灣船塢員工及附近艇家漁民死了三四十人，老闆欠缺修復的財力，唯有忍痛出售，由何鴻燊和鄭裕彤接手。一九七二年，是的，剛好是五十年前，港英政府發出重建的許可證，由該年的重修起算，至今天的神秘沉沒，彷彿「五十年不變」的承諾正好到期，曲終人散的時候到了，命中注定要消失的總要消失，前世今生，多少華麗，幾許滄桑，盡困在海底深處的一堆廢鐵裏。

所以奇怪怎麼沒有玄學家跳出來解吓畫？他們大可說，珍寶的動工時間選得不對、祈福儀式不夠完善、停泊位置方位犯冲、取名筆畫五行欠吉……諸如此類。世態愈亂，我愈真心轉向「不問蒼生問鬼神」，因為愈問蒼生，愈容易心痛，反而渴望聽見有人實牙實齒地說，都是命中注定啦，萬般都是命，半點不由人，聽完了，感想是：「哦，原來如此？怪不得如此。我認了。」認完，自較心寬。老話說「心安理得」，其實，往往是倒過來的，先有「理得」，然後才會「心安」——歪理亦是理，自欺欺人的理也是理，有理便好，世事總得有個說法。

珍寶去後，太白海鮮舫仍在。太白比珍寶「年長」得多，最初只是長艇，其後發展成船，又其後，被珍寶迎頭趕上，彼此競爭一番，再被收歸到同一間商業集團旗下，集團卻以 Jumbo Kingdom 做統稱，等於由珍寶「吃」了太白。沒想到，輸了幾十年，到最後，珍寶反而沉沒，太白卻仍健在，並且有可能重新營業。

太白沒有像李白般墮海身亡。她贏了，真好命。

2. 寂寞南岸

珍寶海鮮舫去後，南岸狹灣剩下太白海鮮舫，早已停運，雕欄玉砌亦已斑剝，卻仍矗立海面，算是對逝去輝煌的滄桑見證。船在，歷史便在，「歷史感」永遠透過視覺物質呈現，他日若能復業，你路經此地，大可對年輕的子女或孫子說，啊，這裏以前有過「三國演義」，三船並立，熱鬧得很呢；可惜我城向來只容喧鬧而不容熱鬧，能有「獨家村」，已經不錯啦。

我算幸運，也見證過「三國演義」的煙火鼎盛場面。那年頭，珍寶、太白、海角皇宮，三座宮殿式的海上豪店佔領深灣海面，碼頭旁是各式各樣的漁艇和快艇，如大將軍戰陣裏的士兵，頗有戰爭的戲劇氣息。

祖父母葬在香港仔華人永遠墳場，清明重陽上山祭拜，通常其中一次會在結束後，由父母親領軍，一家人，老老少少，走路到其中一座海鮮舫享用中餐。爸媽家裏至今留着刻有「珍寶海鮮舫」五字的象牙筷子，那年頭，氣派大，光顧到某個價位便送象牙筷，取個長長久久的好意頭，殊不知，筷折船亡，而即使有「但願人長久」的渴望，肯定亦必枉然。盛筵必散，人無不滅，到頭來，終究大夢一場，山頭上高高低低的墓碑便是明證。

記得有一回，在珍寶飲茶時，我忽發奇想，對家人提了個創意。其實三隻海鮮舫應該聯合搞行銷，在碼頭旁大開喇叭播放大鑼大鼓的音樂，更安排一日三場演出，三船各派人員，身穿古裝，擂台比武，當然是假裝的囉，重點是要把古代的武士戰鬥場面重演人前，讓大家感覺來此不只是為了吃食而更極具娛樂氣息。

之後我又延伸出其他想法。不妨再玩大些，三船每年挑個日子，各自改裝，一艘佈置成英國軍艦，一艘偽裝成中國戰船，最後一艘，則掛起幾塊帆布，假扮成海盜船艇，齊齊 roleplay，合弄一齣驚心動魄的海戰戲碼，勢必震撼人心，成為香港旅遊的吸引特色。

多年之後，一艘船沒有了，再一艘船沒有了，我的想法當然不可能落實，但若仍處於當年的「三國演義」盛世，大可把劇本編成中國古代戰船大敗洋鬼子和小海盜，這對於宣揚我國威風和提振民族尊嚴，大有助益，説不定能夠招徠無數贊助，是很不錯的商業考慮。

今天的深灣海面，寂寞了，唯剩太白坐鎮，像老去的長者，半癱在輪椅上，苦候復健的奇蹟出現。據説太白海鮮舫最初只是小小的登陸艇，其後，改裝再改裝，擴建再擴建，始有奢豪的規模。船舫之名，取得有詩意，卻亦悲涼，「巨海一邊靜，長江萬里清」，「月下飛天鏡，雲生結海樓」，「西江天柱遠，東越海門深」……李白先生有太多的懷海詠江的詩句，而最後，他亦命喪於江底，似是對珍寶的隔世預言。舫起舫沉，如香港，也就這樣了。

3. 如果何鴻燊仍在

珍寶海鮮舫到底沉了沒呀？

一時一樣，玩死人也玩死船。

一日話早已船沉海底，連屍骸都搵唔番，唯待百年之後，深海尋奇，打撈現身，成就歷史傳奇。但過兩日又話只不過船身翻側，海鮮舫仍在海面，有待進一步拯救拖走。魔幻寫實的我城故事，不可思議。

據說海鮮舫出事的地點是公海。這公海，跟我城距離應該不算太遠，船公司竟然過了這麼多天（本欄執筆時是周五下午）仍未公開任何照片佐證，船沉船浮，狀況如何，在這網絡圖像年代，太不應該了。這遂令人有更多的陰謀揣測，悶葫蘆裏不知道賣甚麼藥，含糊不清永遠是陰謀論的滋生溫牀，別怪大家不信任你，要怪，就怪自己沒替大家提供足夠的信任基礎。

船公司以外，是海事處之類的相關部門。海鮮舫現況如何，竟然容許船公司顛三倒四，如果這不是包庇縱容，甚麼才是包庇縱容？就算船公司顛三倒四，有關部門難道沒有責任或意願或能力去主動追查？派人到公海理解一下，拍些照片（即使船沉了，拍些海景回來也好！），盡快向公眾說明，不可以嗎？而有關部門偏偏不去，或去了沒拍，或拍了沒有公開說明。如果這不是失責或懶惰，甚麼才是失責或懶惰？「不作為」就是失責，或者，作為得不夠多、不夠快、不夠精準，亦是失責。如斯表現，實令我城居民震驚。

對於海鮮舫被拖走之事，我一直有個想像的問號：如果何鴻燊仍然在世、仍在話事，而如果海鮮舫仍然歸他管理，不知道他會否使出奇招，讓海鮮舫起死回生？

何先生做事，多年以來，大破大立，出手快狠準。上世紀六十年代的香港仔，本來有兩艘海角皇宮海鮮舫，他毅然收購其中一艘，移到澳門，改裝成賭船，替該船創造了另一輪的黃金盛世。九十年代末，他又把另一艘海角皇宮轉移到菲律賓，重新佈置營業，令船成為當地本土旅遊的熱門景點。十多年後，他把船捐贈予青島市政府，再替海鮮舫鋪排了重生大計，可惜青島的基建配套無法落實，船體棄置了，剩下冷冷清清的空殼，跟香港的太白和珍寶遙遙相憐。

假如何鴻燊仍在，珍寶海鮮舫可有得救？不容易，卻亦説不定，視乎何先生能夠想出甚麼主意，他頭腦精明，你永遠估佢唔到；如果估到，他便不是何鴻燊了。至少，他該不會像他的子孫後輩一樣，把船説棄就棄，無人認領，乏人問津，如斯失面子的事情，猜想何鴻燊不會接受。就算賠本，他亦會把珍寶維持住，老派人把顏面看得比甚麼都重要，這點價值觀，往往並非後輩們所能了解或認同。

珍寶說沉了卻似未沉，真係被玩死。索性沉了更好，這亦是面子問題。沉了，冇眼屎，乾淨盲，一了百了，也很好吧？

4. 記憶的記憶

對於珍寶海鮮舫的回憶話舊，出現了不少張冠李戴的尷尬，把某些發生在太白海鮮舫的情景移接到珍寶之上，譬如說，某些電影的取景。

也許因為戀棧太深，情也濃了，難免把所有的好都歸在愛戀對象之上，與其說「認定」好是好，毋寧是「願意」她是好，對人對物對事，無不如此。這是不自覺的記憶錯誤，同時是，浪漫的錯誤。是情緒在對記憶說話，記憶裏的「真象」，只是情緒的真象，倒過來說，其實不僅是愛，就算是恨，也如此，願把世間所有的邪惡都歸於所恨之人之物之事。當愛時，無一不好；當恨時，無一不壞。

記憶從來不可靠，也尚有太多不了解之謎。長期記憶短期記憶，理性記憶感情記憶，語言記憶視覺記憶，操作記憶思維記憶⋯⋯無論怎麼分類，記憶都像蠱惑的精靈，躲在腦海深處的神秘角落，往往在不經意的時候，竄出來嚇你一跳。

對於往事，荷蘭籍的心理學家德拉伊斯瑪指明：「我們所能擁有的頂多只是對記憶的記憶。記憶是有選擇性的，不完全的，被添加上色彩的。記憶的記憶也是如此，但這帶來額外的問題，你再也無法獲取原初的記憶，你不可能回到當初看待這個事件時的觀點。我們對往事的記憶而不僅是看法，會伴隨人生變化而改變。」發生過的，你忘記了；沒出現過的，你卻確信其真。即使對於曾經有過的事情，回頭重述，你的語言你的感情都會扭曲了記憶的意義，因為，時間如河，你已在河流的另一個點上，把目光轉回你出發之點，橫看成嶺側成峰，記憶正是百變的峰和嶺，視乎你當下身處何地而有了不一樣的名稱。

所以德拉伊斯瑪說：「每個記憶都在時間的兩端做連結。當你運用回想能力的時候，你此刻想法和情緒的一些元素也會進入到記憶之中。記憶並非檔案書的資料，無法在你取出查閱之時原始重現。當你使用記憶，你就會改變記憶。你就像用手邊現有材料做一道菜的廚師，那道菜，每次都不一樣。」

這現象對於研究者所說的「自傳回憶」最為明顯，因為既是憶往話舊，便可查考真偽，結果發現許許多多的名人——即使在毫無現實需要去說謊的情況下——仍對走過的生命路途有所「偽作」。那是不自覺的記憶錯誤，誤以為真，其實是希望它是真，往往也因為看過相關的照片或聽過親友的述說，藏在心底，想像已久，許多年後便把零碎的印象統合成一個屬於自己的故事；這故事，像雞尾酒般混雜，亦像抽象畫般混沌，但對自己有意義，真或假已不重要。

關鍵是，它是我的，我在故事裏找到自己的情感位置，不一定是「安身立命」，卻能夠「安心立意」。錯誤的記憶其實是藥，不可以，沒有它。

五

今天，想像九龍城寨

1. 王九

《九龍城寨之圍城》叫好叫座，謝票場上卻出現鬧劇插曲，一名獲邀上台的男觀眾突然揮拳踢腳，碰到了伍允龍，還把他推倒。伍允龍是拳術高手，但在突如其來的偷襲裏稍處下風，面子上終究有點失威。可是，也許正因他是高手，不屑還擊，反正身體絲毫無損，處變不驚，恰恰展現了他的堅硬和器度。沒事沒事，這電影把他的人氣拉拔了百分之五十，此事只不過是爆紅之後的演藝生涯小註腳。

伍允龍在戲中飾演王九一角，壞到出汁，卻不見得是奸。「壞」和「奸」是兩個概念。壞，是無底線，通常亦是無遮掩，把邪惡貪婪刻在臉上，為所欲為，

no mercy，從來不管他人死活。「奸」則常跟「詐」字掛鈎，笑臉迎人，笑裏藏刀，然後出其不意地插刀捅刀，使人防不勝防。現實裏，壞人易辨，奸人難擋，若非有過若干人情世故，很容易跌進後者設下的坑。老話説「把你賣了，還要你替他數鈔票」，指的就是這類可怕的人。

王九角色的設定就是用「壞」來調度劇情。他對社團老大壞，他對城寨居民壞，他對古天樂對林峯對任賢齊壞，一路壞到底。所以連造型亦是極壞。蓬亂的長髮遮住半邊臉孔，從第一秒到最後一秒都戴着墨鏡，身上的西裝是土豪般的又黃又浮誇，活生生像漫畫裏走出來的大壞蛋，形象極度刻板化，接近經典的火雲邪神和金毛獅王，最適合做個手辦人偶以拓展周邊商品。

連王九使用的武器和武功都是「壞」。左右開弓，一手一支機關槍，又懂硬氣功，即所謂的「神打」，是老派的邪門功夫（騙術），徹頭徹尾適合神話般的故事情節。這樣的安排當然只是為了戲劇效果，卻有點 over 了，困在港產片的誇張陷阱裏。機關槍亂射兩分鐘，子彈卻都只擦身而過四個英雄少年，頗為搞笑，其實大可不必如此；沒有機關槍亦根本完全不影響搏鬥的刺激，有了槍，反而顯得這個壞蛋有點笨拙，眼界極差，可能正因為他全程戴黑超，自廢眼力，要怪只能怪自己。

伍允龍的壞蛋角色，坦白說，不必講究甚麼演技，因為全無感情戲可言。能夠贏得觀眾喝彩，他依靠的是誇張行徑和一副沒有底線的壞心腸，以及硬朗如石的身軀，以及翻前仰後的好身手，自此而後，他在「打仔界」更上層樓，甄子丹有了勁敵。

而是次謝票被觀眾偷襲，其實是他的「榮譽」，因為反映了他令觀眾看得入戲，被觀眾恨之入骨，亦成為勇武觀眾的挑戰對象。據說當年的石堅也常在現實生活裏被人挑機，走在路上，有人喊打，有人痛罵，似皆想替黃飛鴻出番口氣。演戲在這份上，他贏了——打個荒唐比喻：AV 女優被愈多的人視為欲望對象，表示愈紅，不是嗎？王九一出，誰與爭鋒。伍允龍終於真正紅了。

2. 追龍

九龍城寨繼續是熱議話題，潘靈卓的名字再被提起，甚至有人説導演被她的善功德行觸動了，所以把電影拍得特別有情有義。但電影裏，完全沒有她的身影啊？其實不妨有人拍些短片，用戲劇的形式，就算是加油添醋也好，透過她的視角，深刻刻劃當年城寨裏的黑暗與光明。

當網媒和傳媒談及潘女士，略有提及她寫過的回憶錄，卻幾乎沒有深入引述。也許記者們疏懶不翻書，也或者不容易找到原著了。這本書以英文寫成，*Chasing the Dragon*，有十多種外語版本，包括中文，直譯為《追龍》，一語雙關，追龍是吸食白粉的意思，其中的「龍」亦意喻中國，作者前來東方，便是用她的宗教信仰來追逐迷失的龍。

回憶錄裏，潘靈卓寫了許許多多的小故事，儘管都跟信仰有關，但在她跟「迷失小龍們」的互動過程裏，仍凸顯了彼時彼地的人情肌理，例如警察和黑幫的勾結、黑幫社團之間的鬥爭、城寨百姓的生活日常，之類。舉個例子：她幫助一個年輕道友阿武戒毒，其後，阿武的大佬跟她見面，對她道：「我相信你跟我一樣照顧我的兄弟。」

見面地點在城寨的茶寮，她喝咖啡，他喝好立克，煙不離手，兩人都吃菠蘿包。大佬在進入城寨以前是知名的足球員，三十多歲，拒絕白粉，卻常抽鴉片，瘦骨嶙峋。他用和善的語氣跟潘靈卓説話，潘女士卻道:「我確實關心他們，但我們之間沒有共通點。我痛恨你所有的勾當。」

大佬愣了一下，回應道，你和我都是有能力的人，你的能力來自這裏。他用手指篤了一下自己的胸口。我的能力卻來自這裏。他高高舉起自己的拳頭。

原來大佬希望潘靈卓加大力道替他的手下戒毒。他説，我不准他們吸食海洛英，但他們還是戒不了。我觀察了你很久，有信心你能幫助他們，所以把他們送到你手上。

豈料潘靈卓一口拒絕：「不行！我知道你的如意算盤，你想他們戒毒後繼續替你拼命。但基督徒不可以有兩個主，他們跟了基督才可戒毒，但之後便不能再跟你了。我幫他們，不是為了讓他們回去服侍你，而且，他們回去跟你了，便會再吸毒。」

大佬低頭思考一陣，聳肩道：「好吧，要是他們真的要跟耶穌，我就讓他們走。我會把無用的兄弟交給你，把有用的兄弟留給自己。」

潘靈卓回應説：「好！反正耶穌也是為了無用的人而來。」

最後兩人握手，有了合作的空間。潘靈卓覺得不可思議，她以為黑幫絕對不會讓兄弟離開社團。但更令她不可思議的是，大佬誇下海口道：「我會等着看，如果他五年之內不再食白粉，我自己也會信耶穌！」

後事如何？賣個關子吧，最好自己去讀《追龍》，也最好有人拍出影像版的故事。潘女士今年八十歲，是值得港人尊敬的經典傳奇。

3. 男子的皺紋

《九龍城寨之圍城》電影全名尚有「之圍城」三個字。意思很明顯了吧？這只是故事的一個章節，尚有其他段落，大可延伸拓展，拍出另外幾齣「之」乜「之」物的戲外戲。

不太意外吧？

我沒看過電影的漫畫原著，想必跟戲一樣人物豐富。而電影改編得好，不囉唆，不蔓延，單刀直入講兩代之間的江湖恩怨，呈現了不同的獨特角色和性格，其中雖略有犯駁之處，例如林峯如何和為何流落外地而又要重返香港，之類，卻不礙事，因為不妨視之為懸念，留待其他戲外戲再去解釋。

戲外戲，往往可以變成獨立的好戲。九龍城寨的故事，可以有郭富城的陳占外傳，可以有古天樂的龍捲風前傳，可以有林峯的陳洛軍和其兄弟的後傳，更可以有洪金寶的大老闆和任賢齊的狄秋別傳，此傳彼傳，皆能成就傳奇故事。情況有點似好多年前的《古惑仔》，一片帶出多片，一人牽出多人，衍生了許多的系列電影，電影題材黑暗，卻是港產片影史上的亮麗 IP；光明與黯黑糾纏相生，正是香港「曖昧」精神的側面折射。

看這電影，一個「爽」字了得，是百分之百的爽片。拳來腳往，刀槍齊飛，男人們的江湖情仇像熊熊烈焰，把觀眾的心燃燒得火辣。戲裏出現過女子身影，卻不存在情欲愛慕，百分之九十九是男子之間的鬥爭拼搏，難怪有人說頗有「基味」。其實，在中國的古典小説裏，男人的所謂「義」本就有愛情的本質，相知相惜，相護相憐，一約既定，萬山無阻，可能比宮二小姐和葉問先生的戲裏愛情還更堅固。

《九龍城寨之圍城》裏的男子們，除了郭富城仍然是俊美的郭富城，其他角色造型都放下了身段，把滿滿的滄桑感呈現到觀眾眼前。古天樂的衰敗，使人憐惜心疼；林峯更是脱胎換骨，用飽滿的肌肉和頹散的臉容在觀眾心裏有了新的認識角度；連作家喬靖夫在影像技術的調度下也有了爆發性的陽剛魅力，短短的幾個鏡頭，讓人難忘。

至於任賢齊，「犧牲」更大了，幾乎讓人認不出來。近攝鏡頭和陰影燈光一再令他的五官歪斜得如即將崩塌的山陵，有幾分「英雄遲暮」的哀傷感，卻也訴説着故事，如《百年孤寂》裏的上校，自稱身上的每道戰爭傷痕都替他添了一歲，層層相加，他便如百年老妖老怪老仙般有着不可解卻又令人極想去解開的傳奇。

一般港產片動作裏的男主角，無論如何歷盡折騰，不管在死裏逃生了多少回，幾乎仍是青靚白淨和官仔骨骨，大不了在臉上貼塊膠布或塗個假傷疤，便算了事。但《九龍城寨之圍城》裏的男人，臉上都是皺紋，美術指導和導演都充分掌握了「褶皺美學」的重要性，將之呈現，將之突出，讓皺紋成為男人臉容的化妝品，有了動人的重量。

男人皺紋，可供凝視，但女性主義者想必反對。

4. 城寨復治計劃

近日的九龍城寨懷舊熱潮，無不談及上世紀八十年代末的居民調遷，九十年代的正式拆除，卻罕有提到三十年代的爭議；彼時，港英政府發難驅趕城民，鬧得沸沸揚揚，雖然很快平息，到了四十年代中卻再有攻防。要了解城寨的前世今生，切切不可忘記這段暗史。

南京大學教授孫揚曾寫論文剖析此事，扼要明瞭，其後收在《國民政府對香港問題的處置（1937-1949）》書內，七年前初版，猜想現下仍可尋得。

話說一九三三年，港英政府規劃九龍的發展藍圖，打了城寨主意，悍然於六月份向居民發出公告，逼令他們盡快遷走，居民不服，向時任國民政府外交部兩廣特派員甘介侯申訴，外交部火速跟進，跟港英交涉，談了又談，叫價愈來愈高，除了不准驅逐城寨居民，更倒咬一口，要求恢復中國在城寨的治權；「收回城寨」之議，一時間備受議論。

港英政府如何回應？

當然只是哈哈一笑。說不定鬼佬們閉門開會，可能會說，好啊，把城寨還給他們吧，看他們能夠管出個甚麼樣子？我們把城寨圍封，只需一個星期，他們必會走夾唔唞，倒過來央求我們接收。

交涉談談停停，終因日本鬼子侵華告終，到了戰後，有中國官員在勝利的高昂情緒氣氛下，忽然發難，把目標對準城寨，主張國府硬起來，強力洗脱國恥。一九四六年七月，時任寶安縣長林俠子多方位出擊，向廣東省政府、外交部及兩廣特派員公署提出請求，希望「復治城寨」，而外交部的回應竟然是，「自屬可行」。有人撐腰，林俠子的膽子大了，遣派寶安縣民政科科長譚家琳南下香港，會同兩廣特派員郭德華考察，然後着手制訂治城方案，設立城寨保長一職，主責深度規劃。

港英政府馬上還拖，公開表明，滿清派駐在城寨的官員已於一八九九年被驅逐，當時的清廷沒有抗爭，意味港英已有城寨的管轄權，斷無「歸還」之理；中國聽後，不甘示弱，外交部立即還擊，表示「我對九龍城內治權，從未放棄故也……刻正採取各項措施，俾在九龍早日重建中國之民政管轄權」云云。而中國大陸各省各地的報紙皆高調支持政府的強硬態度，主張一舉收回香港和澳門，甚至，許多省市的參議會、商會、工會等團體皆向中央政府發電，提出類似的呼籲。中央政府內部曾有高官主和，認為應該慎重其事，卻亦有人堅持主戰，例如外交部發言人、情報司司長何鳳山竟然對部長王世杰說：「國家領土的事，大事也！我固屬擔當不起，部長的責任尤大，更不能不了了之。」

一九四六年十一月，寶安縣政府煞有介事地向廣東省民政廳呈報了《寶安縣政府九龍城復治計劃大綱草案》，詳列清查戶口、編辦保甲、建設市政、設立鎮公所及國民兵隊等計劃，並有具體的時間表。

話說「城寨復治」計劃送呈到中國政府外交部後，碰了軟釘子，外交部敷衍了幾句「此案可相機逐步實施」之類，別無具體後着。難道真的派大軍從廣東省攻港護寨？管住了城寨，又如何？若港英軍隊封城一個月，大家豈不全部餓死在裏面？蔣介石的外交部絕非笨蛋，反正精神上的勝利亦是勝利，有便夠了，中國人永遠姓 Q。

但，你無後着，他有後着。一九四七年中，港英政府頻頻放話，公開表示有必要整治城寨的衛生安全，到了 11 月，工務局發出通告，要求住於城寨邊緣的木屋居民盡快遷離，涉及約三千人。城寨居民馬上成立「寶安縣九龍城居民聯合大會」，親到廣州請願，中英兩方再度交涉，卻又再度膠着。城寨居民在龍津義學門外高掛青天白日滿地紅旗，並且紮營值夜，氣氛肅殺。他們說，城寨民居不可拆，就算要拆，亦只能由廣東省勒令遷拆，城寨主權在中國不在英國。

交涉拖到一九四八年一月初，英國佬終於動手，幾十名警察強力由東面進入寨城，掩護工人清拆木屋，有居民奮力阻止，被捕了。而一波未平，一波又起，一月十二日清晨七時許，一百多名警察帶同工人再來拆屋，居民此番把抗爭升級，男女老幼排人牆、扔石頭，誓不退讓。警察遂動用武力，發射催淚彈，對天空開槍，用警棍打人，衝突裏，有六名居民受傷。

第二次強拆後，香港這邊恢復平靜，倒是內地那邊起了風浪，報章社論連環炮轟中央政府軟弱，發出「香港有事，粵省聲援」、「武力收回港九」、「用中華男兒的鮮血來洗去百餘年來的血債」之類呼聲，並且成立「粵穗各界對九龍城外交後援會」，召集會議，組織遊行。一月十六日，遊行隊伍在廣州沙面包圍英國總領事館，群情失控，闖門、打人、縱火，連帶領事館旁的太古洋行、怡和洋行、渣打銀行亦遭火劫，令六名英籍人士受傷。

事情鬧大了，英方嚴厲譴責，蔣介石政權連忙把責任轉推到中共頭上，衍生出另一波的國共爭拗，中英雙方亦邊吵邊談，雙方一度同意部分城寨範圍改建為「同盟公園」，紀念對日作戰時犧牲的盟軍將士；又考慮把城寨問題交海牙國際法庭仲裁。但過了不久，國民黨政府全線崩潰，自身難保，無力再管城寨的爛攤子，一九四九年十月之後，一些城寨居民升起了五星紅旗，政權易手，城寨的尷尬地位卻仍未解決，拖延到六十年代七十年代八十年代；終於，九十年代，解決了，城拆寨遷，倒真有了公園，也留下可供一說再說的地方傳奇。

5. 女子的城寨

幾乎每上映一齣相關電影或播放一齣相關電視劇，例必掀起一番城寨熱潮，那座「黑暗之城」的前世今生再度受到懷緬、憶記、討論、感慨。也許因為隔了幾十年，隔了一段時間距離，總是「美感多」而「惡感少」，城塞裏面的人情溫暖被放大、複述、懷想，暖度遂被拉高了好幾倍，反而現實情景中的殘酷與悲哀，或被淡忘了，或被淡化了，或被套上一塊朦朧的鏡片，如何藩或楊凡攝影機裏的定格，就算是悲哀，亦有悲哀的美感。

生命總是這麼曖昧的不是嗎？熬過來了，身上的傷疤好了，忘了彼時的痛，輕輕撫摸疤痕，上面有可供說了又說、半真半假的故事。

我在小說《鴛鴦六七四》裏寫及九龍城寨，花了許多時間讀資料和做訪問，受訪的長輩當然有說寨子的好，但更憤憤不平的終究是城裏的壞，尤其是年長的女性，活於其中，成長於彼處，往往是她們最希望從生命裏抹走的痛苦記憶。

一個在城寨住了二十多年的婦人跟我飲茶，憶述當年生活，初時還講出一堆 TVB 式的溫暖台詞，甚麼人情味濃厚，甚麼互相提攜照顧之類，但説着説着，打開了心防，慢慢吐出真話，嘆一口氣道：「如果有邊個話城寨好，唔該叫佢入去住三日，保證佢嚇到有氣無埞唞，呢世人都唔肯再踏入半步。」

她的經驗是，大家都是來自五湖四海的窮人，固然有最起碼的相濡以沫和相憐相惜，但這可遇不可求，更多的時候是相爭相奪和相鬥相殘，使用力氣，別讓自己淪為弱肉強食鏈的最底一環，自己手裏的有限資源別被其他人用最粗暴的方式搶走。不知何故，男人相鬥之時，靠暴力靠權力便可擺平事件一段時間，寨裏的許多女子則常被扭曲成心計多端，幾乎無時無刻不在窮困裏引起是非，任何芝麻綠豆的事情皆可促發彼此之間的爭拗。明明大家都是窮人，卻又隱隱都知道誰更窮、誰最窮，然後排擠之、防範之、歧視之，唯恐被對方佔了便宜。女人蝦女人，據受訪的長輩説，是生活的日常。

至於另一種日常，是對身體安全的提心吊膽。從年幼到年長，從出外到歸家，從如廁到更衣，無時無刻不感受到狼群眼睛的盯注和凝視。住戶與住戶之間毫無隱私可言的，所謂「握手樓」，可以輕易在不同的單位之間穿巡游走，這其實意味，女子的身體極容易被不同的、猥褻的方式「穿巡游走」，遭受騷擾和侵害，是尋常之事，往往敢怒不敢言，即使言了，亦無人出頭；就算出了頭，亦難有公道的結局。

在流行文化裏，城寨形象的呈現是陽剛的、陽性的，但在這之旁之下，另有難以聽聞的陰性哭聲喊聲在說着另一種苦痛故事，只不過，就算偶而被得知，亦總被低調回應。

何時才有人拍出女子的九龍城寨？為文化計，為商業計，都請考慮。

輯二

街角掌風

一

且慢，我是黃飛鴻！

1. 招牌上的歷史

近年我城出現了一些小書店，僅是店名已有寓言，先前有間「一拳」，乍聽還以為是武館。

書店在深水埗區，區內向來武館林立，上世紀四五十年代，內地許多武家南下，如王家衛《一代宗師》裏說，「把整個武林移到了香港」。多年以後，開枝散葉，至今仍然到處掛着武館招牌，是非常獨特的「都市風景」。洪拳、詠春、螳螂、太極……小小的招牌各自承載着歷史悠久的拳脈，其師其宗，都有漂泊江湖的故事。我在大南街上見過一面高懸於二樓牆外的橫列招牌，黑底白字，手寫「父子」和「授男」，家傳拳法，更是拳脈裏有家脈，習武人家，拳風便是家風，在古代，可能是培養出「武狀元」的家庭，有太多的滄桑可道。

印象最深刻的畢竟是小時候在灣仔見過的「黃飛鴻國術社」。高高掛在鬧市裏，把滾滾紅塵的記憶召喚回到清末民初。路經其下，不知道有多少人跟我一樣，驟然墮入粵語長片的黑白天地，關德興、石堅，彷彿就在樓上的不屬於他們的香港樓房內，過招比武，替混沌世界爭個正邪分明。

不，黃飛鴻仍是香港的。他徒弟林世榮來過，亦逝世於香港，灣仔藍屋林鎮顯醫館的歷史，大家耳熟能詳了。林鎮顯先生之父林祖，是林世榮的親侄，由「豬肉榮」帶在身邊並傳授功夫，林世榮在廣州因為睇場衝突闖了禍，殺了人，着草來港，林祖跟在旁，一起在石水渠街的地庫設館。初時沒有客人，兩叔侄仍然在中上環跑山練氣，這叫做「人窮志不窮」。

這段時間，據説黃飛鴻來過香港探望林世榮，還一起在灣仔碼頭旁邊練拳。黃飛鴻還向他借錢呢。黃師父晚年嗜賭，推牌九，武藝一流卻賭術九流，只好向徒弟伸手要，有一回，黃師父更強搶他掛在胸前的金鏈，兩師徒在武館裏你追我逐，我想起那場面便忍不住想笑——黃師父擅長「無影腳」，猜想林世榮是跑不掉的。

黃飛鴻的第四任妻子是莫桂蘭，但只稱「妾」而不稱「妻」，因為他先前的三位妻子皆年輕早亡，他認命，要迴避一下剋妻的忌諱。莫桂蘭三十年代遷居香港，掛起「黃飛鴻授妾莫桂蘭精醫跌打」的招牌授拳。而我想像，擬定招牌字句的時候，她曾否略為猶豫該否改「妾」為「妻」？

本來丈夫不在了，再無所謂剋不剋，爭回一個堂皇的名分，也是替自己爭回一口氣，豈不應該？做人如習武，不就是圖個爭氣？然而她最終仍然決定用「妾」。理由可能是，這既為黃飛鴻的初衷，死者為大，便該維持他的想法，改變了便是不尊重。她是他的人，他在生時是，他死了，依舊是，尊重他比任何事情都重要。跌打館後來易名國術社，莫桂蘭活到一九八二年。一代宗師之妻之妾，告別香港。

2. 跟黃飛鴻老婆搭枱飲茶

很久沒在街頭遇上驚喜了：竟然找到了《虎鶴雙

形》的復刻書。

是在克街和莊士敦道交界的陳湘記書局。六十年的老店也是小店，旺角通菜街有一間，灣仔這間猜想是主號，我小時候常來，長大後只在門外匆匆路經，這天下午，百無聊賴地在灣仔逛蕩，行過該店瞄一眼櫥窗，赫然看見一部橘紅色的小書，大大隻的書法字印着「虎鶴雙形」，幾乎佔據了一半封面，右邊寫「嶺南拳術　林世榮遺技」，左下角寫「朱愚齋重訂」，如果這時候有人給我拍照，鏡頭裏，我肯定目瞪口呆。

陳湘記店舖面積不大，近門處擺滿文具，裏面有兩條窄道，分隔了五六道書牆，這樣的書局在上世紀六七十年代一般稱做「書方舖」，我不知道字源何在，只知道，它賣文具也賣書，如果加上珍珠奶茶或手沖咖啡，其實跟當下流行的書店沒有太大差別。

不，「書方舖」賣的書類簡單得多，來來去去都是實用性的，園藝、養生、命相、菜譜之類，對，還有功夫武術，那部《虎鶴雙形》自是其一，初版於二十年代，我買到的已是第N版了，仍跟今天的版本一樣是橘色封面，多年以來被復刻了不知道多少次了。版權頁寫明二〇二〇年，表示仍有銷路，書商不會願意做虧本生意。

林世榮，大名鼎鼎的「豬肉榮」是也，他有個更大名鼎鼎的師父黃飛鴻，更不必多說。重訂者朱愚齋是林之徒弟、黃之徒孫，曾用「我佛山人」筆名寫《佛山贊先生》、《黃飛鴻別傳》等報上連載小說，被改編為廣播劇，引爆了幾百齣黃飛鴻傳奇電影。《虎鶴雙形》一書是拳譜，一招一招，龍虎出現、指定中原、玄壇伏虎、貓兒洗面、穿橋歸洞……共一百一十二式，每式皆有人像示範圖和解說文字，朱愚齋之記錄苦心足讓師父師公點頭微笑。

七十年代初的香港曾經燃燒了幾年功夫熱，金庸小說是打底的基礎，張徹的電影是推手，李小龍的拳腳更是加速器，全港曾有近五百間武館，沒空或沒錢或沒膽量的人如我，亦會常把拳譜買回家閉門自習。為甚麼無膽？因為武館據說品流複雜，常有打架之事，亦為三合會招攬徒眾的基地，為免麻煩，便不去了。那年頭我買過不少拳譜，趁家中無人，赤裸上身，左展臂，右揮拳，馬步開立，幻想自己是少林英雄以一敵百，打到汗流浹背才休息。有一回忘了形，聽不見家人回來，被姐妹偷看到醜態，她們笑彎了腰，我卻窘到無地自容。

我雖然沒見過黃飛鴻或林世榮或朱愚齋，倒有可能曾經見過莫桂蘭。她是黃飛鴻的第四任老婆，因前三任皆早逝，黃飛鴻自知「剋妻」，便不叫她為妻，只喚作妾。莫桂蘭於四十年代在灣仔設館授徒，活到一九八二年，常去龍門茶樓，而我亦常跟外婆去飲茶——誰肯定我們沒有搭過枱？

3. 無影腳

近日出席了「黃飛鴻誕」的聯歡晚宴，為的既是考察當代習武者的風範行止，亦是對武學宗師有以崇敬。我正在進行的長篇小說涉及武林題材，黃師父是其中的關鍵角色，為此，我讀了許多掌故，自小又看過幾十部黃飛鴻電影，更曾在陳湘記書局買過《虎鶴雙形拳》之類拳譜自習，難免隱隱錯覺自己亦是「系出黃門」。總算，這個晚上，有機會叩見早已不在的「師祖」。

晚宴在鰂魚涌某酒樓舉行，筵開數十席，進門看見主禮台旁豎着花牌，橙底黑字，最上方寫「莫桂蘭」，即黃飛鴻的第四位妻子。下方寫「嫡傳李燦窩」，即今夜之主人家，晚宴主催者正是「寶芝林李燦窩體育學會」。站在花牌前自拍，心裏莫名感動，武林講究傳承，裏面有強大的意志，向世間宣告，不管你們怎樣，我依然堅持這樣，穩似四平馬，毋懼天地色變。

李燦窩師父是莫桂蘭的誼子，從小在她身邊習武練功。莫桂蘭病逝於一九八二年，李師父今年八十四歲，如舊地精神飽滿，站在台上致歡迎詞，用眼神橫掃一下全場，眼裏仍有鋒芒，是武家的鋭氣，不墜不散，亦即一般所説的功力底子。俗語説「力不打拳，拳不打功」，蠻力打不過拳招，拳招打不過功夫，師父教的就是功夫，而功夫，講究的是分寸和火候，師父的體格或已老去，但因有時間的沉澱和積累，故理所當然地仍得徒子徒孫們的敬重。

近日有本書叫做《香江飛鴻》，網羅了極多關於黃師父的事跡材料。不僅談他本人，亦談及莫桂蘭和李燦窩，以及所有跟黃飛鴻相關的電影和小説，爬梳了黃飛鴻在華人文化圈裏的角色建構脈絡。我對作者張彧笑道，此書簡直是 the making of 黃飛鴻，足供寫幾十篇論文了。

第一齣由關德興主演的黃飛鴻電影現身於一九四九年，上映時出版了特刊，七十多年後的《香》書非常用心，隨書附贈特刊的復刻版，像把讀者帶回當年。書內更展示了許多昔時的宣傳海報和戲橋，大部分從新加坡、馬來西亞和泰國等地取得。海報字句很有趣意，「只看本片一次，勝食夜粥十年！」、「打鬥：搏命！談情：攞命！」、「看本片能用無影腳是你的聰明，看本片忽略無影腳是你的損失」、「黃飛鴻不但武藝超人，且精醫絕症藥到病除」、「全部硬橋硬馬，全部真軍演出」，甚至有部戲特別在海報上鳴謝某醫師，強調拍攝過程有人濺血，幸得醫師義務救命……硬銷軟銷，雙管齊下，黃飛鴻在電光幻化裏，深入民心。

資料說，籌備電影之初，有人建議選用吳楚帆演黃飛鴻，但導演胡鵬嫌他不懂功夫，幾番考量下，把角色給了關德興。關德興那時已是大老倌，演黃飛鴻令他紅上加紅。人生之轉折，詭秘難解，奇異過黃師父的無影腳。

4. 他的妻，莫桂蘭

有片商籌拍莫桂蘭的生平電影，我因為讀過不少資料，有幸被邀請説了一些意見，回家後，忍不住把她的故事寫進我的小説裏。小説主角之一是武師聶耀堂，純屬虛構人物，但其他角色有真有假。我是這樣由聶耀堂帶出莫桂蘭，也帶出我對莫桂蘭的想像。

話説，聶耀堂在五十年代從廣州到了香港，習武，拜師之地是灣仔石水渠街 72 號，林祖的跌打醫館。林祖是遺腹子，由親叔林世榮照顧成人並盡傳武功。林世榮是廣東南海桂林人，清末廣州的武家，因為曾在屠場宰豬，被大家喊喚「豬肉榮」。他練過多方拳藝，再拜入黃飛鴻門下，二十年代跟流氓爭奪「樂善戲院」的顧場工作闖了禍，殺了人，倉皇南下走避，領着侄兒在中環石板街地窟設館授徒。風波稍定後，他返鄉居住，林祖留下教拳，十年後他再來香港，過了不久，死在香港。聶耀堂十六歲跟隨林祖習武，徵得師父同意，亦到告士打道向莫桂蘭學五郎八卦棍和獅藝。

莫桂蘭是黃飛鴻的第四任妻子，但他只稱她為

「妾」，因為先前的三位妻子皆年輕早亡，他認命，為莫桂蘭着想，最好迴避一下剋妻的忌諱。出嫁前，莫桂蘭已從叔父手裏學得莫家拳，之後又跟黃飛鴻學洪拳和刀棍，尤擅演舞南獅，個子矮小，武藝卻遠在許多男子之上。

黃飛鴻一九二五年逝世於廣州，他的「寶芝林醫館」結業了，莫桂蘭到廣州「義勇堂」做教頭，之後遷居香港，掛起「黃飛鴻授妾莫桂蘭精醫跌打」的招牌授拳。擬定招牌字句的時候，她略為猶豫該否改「妾」為「妻」。丈夫不在了，本來再無所謂剋不剋，終有一日連她自己亦會不在，而在這天來臨以前，在一息尚存之際，爭回一個堂皇的名份，爭一口氣，豈不應該？做人如習武，不就是圖個爭氣？可是她最終仍然決定用「妾」。既然這是黃飛鴻的初衷，死者為大，便該維護他的想法。妾也好，妻也罷，皆因他而有，改變了便是不尊重。她是他的人，他在生時是，他死了，依舊是，尊重他比任何事情都重要。

聶耀堂偶爾向莫桂蘭好奇探問黃飛鴻的長相，她只搖頭苦笑道：「很怪的，很怪的。」不往下說了。他問師父林祖，林祖道：「見是見過，但我那時候年紀小，記不清楚了，只感覺他長得個子非常高，像座巨山，也像一隻熊。」林祖費勁找出一份《真功夫》雜誌，交給聶耀堂，他仔細翻讀，原來莫桂蘭曾在訪談裏對記者說過：「黃飛鴻生性怪異，壽星公頭，有一副羅漢眉，眉長至低垂下，瓜子口面，耳大而長，身材肥壯，要穿三尺六寸長衫，行起路來表情淡定，兩手總擺在後面。」

林祖倒聽叔父林世榮談過黃飛鴻生平諸事。他本名黃錫祥，出生於佛山，自小跟在父親黃麒英身邊跑江湖，賣武賣藥，圍觀者無不喊其「神童」。十六歲那年，黃飛鴻獨自到廣州闖蕩，憑拳腳打出了名堂，歷練多年，在仁安街開設「寶芝林」醫館，門前掛有對聯：「寶劍出鞘，芝草成林」。他曾任廣州水師總教領，也隨劉永福的「福字軍」駐守台灣，但三任妻子先後病故，得其武術真傳的次子黃漢森又遭仇家暗殺，他心灰意冷，拒再授徒，在寶芝林門外牆上貼榜聲明：「武藝功夫，難以傳授；千金不傳，求師莫問。」

黃飛鴻有多套拿手絕活，虎鶴雙形拳、工字伏虎拳、無影拳、五郎八卦棍、子母刀、斷魂槍、虎尾鞭、飛鉈……他更有「獅王」稱號，雙手舉起紙紮的獅頭，叱喝一聲，蹤身躍上高台，左搖右晃，咚鏘咚鏘咚咚鏘，在鑼鼓擂鳴裏活脫脫是一頭靈動威猛的嶺南雄獅。莫桂蘭和黃飛鴻是老夫少「妾」，年歲差了將近兩代，好長好遠的一道時間長廊，可是他一旦耍舞功夫，她看見的便是一個雄姿勃發的英雄少年，拳風腳浪，撼天動地，把她懾住、震住，深深吸引住，她覺得跟他好近好親。至於黃飛鴻，每當看見莫桂蘭耍刀舞棍，總忍不住感慨，黃家武藝本為父子傳承，萬料不到把這路拳脈接續下去的竟是一個比自己年輕四十五年的外姓女子，但他並非抱怨而是感激，他給了她功夫，她給了他青春，她讓他重新活了一遍。

黃飛鴻活了七十七歲，可惜晚年嗜好賭博，荒廢了武功，經常在賭館推牌九，輸得一乾二淨，三番四次向林世榮借錢還債，有一回，情急之下，出手硬搶徒弟掛在脖子上的金鍊，林世榮後退躲避，兩師徒你追我逐，狀甚狼狽。聶耀堂年少天真，把從林祖嘴裏聽來的故事向莫桂蘭求証，莫桂蘭卻又只搖頭道：「不記得了，不記得了。」其實怎麼可能忘記？前塵往事如煙如幻，似燃燒過的鞭炮，遍地紅彤彤的紙屑，都是蒙了塵的妝奩，暗自珍惜便足夠，他們隨便說他們的黃飛鴻，她只願意記住她的黃飛鴻，好的壞的，都是她的。

莫桂蘭初來香港之時，三十歲出頭，舉目無親，幸有幾位黃飛鴻的徒弟幫忙，找到了落腳的房子，掛起醫館招牌，總算有了安頓。她身材玲瓏，方圓臉，前來拜師的人所慕者乃黃飛鴻，第一眼見到她，心存狐心疑，但她只要略演功夫，觀者無不折服。既是真人不露相，難免常被欺負，可是莫桂蘭天性樂觀，反險為夷之後，反而更感得意。有一回她到灣仔街市買菜，路經 Pussy Cat 酒吧，大白天，有兩個高大槐梧的英國水兵推門而出，色咪咪地對她全身打量，輕吹了兩聲口哨。莫桂蘭低着頭急步前行，其中一人竟然追趕過來，伸手碰觸她的肩膊，她馬上抓住對方的手掌虎口，一擒、一扭，洋水兵臉色發白，雙膝一軟，跪到地上。另一個洋人邊驚呼「Holy Cow！」邊衝前救助朋友，才剛挪動身子，她已朝他的下陰踢來一記「閃電腳」，洋人臉上五官登時扭作一團，同樣咚聲跪倒，只欠尚未口吐白沫。黃飛鴻擅使「無影腳」，他替莫桂蘭的腿功取名「閃電腳」，夫唱妾隨，武家有武家的風趣和情趣。

她對兩個癱軟倒臥的洋人冷笑道：「我莫桂蘭是你能碰的嗎？呸！死鬼佬！」圍觀者紛紛叫好，似在台前看戲。

在香港住下，莫桂蘭的日常生活是教拳、練功、飲茶、打麻雀，亦常跟黃飛鴻「見面」，黃飛鴻也繼續「照顧」她，用一種非常奇特的方式。

林世榮有個學生叫做朱愚齋，在新聞紙上寫連載小說，寫了黃飛鴻的故事，電台竟然把故事改編為廣播節目，又有個叫做胡鵬的導演把故事搬上銀幕，幾年間拍了幾十齣黃飛鴻電影。開拍前，導演領着一群人去看望她，問東問西，她心裏不舒坦，覺得似衙門提訊，於是敷衍道：「哎喲，男人的事情，做女人怎麼會知道？」

然而多多少少仍得說一些。她告訴他們，黃飛鴻嗜睡，每天下午在醫館後院的布床上睡兩三個鐘頭，呼嚕呼嚕地打着鼻鼾，像打雷。有一回林世榮跑進來，吵醒了他，他蹬腳把徒弟踢個雙腳朝天。他常自嘲是「豆腐教頭」，功夫差，浪得虛名。他愛吃叉燒包，在茶樓飲完茶，還要買兩三個帶回家，嘴裏說是給她吃，卻明知道她沒興趣，於是都進了他的肚子。他好勝心強，白天舞獅採青稍有差池，晚上便愁眉不展，唉聲嘆氣，像個闖禍回家的孩子，需要母親抱攬撫慰……可是這些統統沒有出現在電影裏，銀幕上的黃飛鴻只是個黑白分明的英雄，只在她的心中她的眼裏，黃飛鴻才有血肉，可笑可惱，也可親。

電影公司講究禮數，送來了紅包，而且不止一回，說是「顧問費」。她收下了，理直氣壯，把紅封包裏面的鈔票想像成丈夫對她的依戀與照顧。電影公司又送戲票，每回送六張，她把五張轉送給徒弟，剩下的一張，獨自去戲院專心懷緬黃飛鴻。幾十齣黃飛鴻電影幾乎都由關德興做男主角，長方臉，招風耳，沒有半分她丈夫的真實影子。情節當然亦虛構得誇張，來來去去就是懲惡鋤奸，好人必勝，壞人必敗。但她仍然是高興的，因為關德興比黃飛鴻俊朗，電影亦完成了現實所無法踐遂的俠義，所以她猜想黃飛鴻也會感到欣慰。每回看片，銀幕上現身的徒弟角色都是她曾經朝夕相處的人，林世榮，梁寬、凌雲楷、陸正剛、鄧秀瓊……雖然造型不太相像，但戲裏他們互喊名字，似念咒般把她召引回到廣州「寶芝林」醫館，那熱鬧，那喧嘩，那曾經以為不會消逝的安穩歲月，她彷佛再親歷一遍那已遠去的青春年華，十九歲的她，廿九歲的她，那已被流離歲月層層疊疊地壓到最底層的她，一回又一回地重現眼前。散場時，恍恍惚惚，燈光乍然亮起，她回到現實人間，孑然一身走在歸家的路上，邊走邊默默暗念，飛鴻，飛鴻，我的飛鴻。

莫桂蘭主持黃飛鴻國術社，除了教拳，也成立了醒獅隊。獅藝分為南北兩宗，南獅造型傾向雄渾，大鼻闊嘴，額前有獨角，大鑼大鼓裏施展大手大腳地擺動。北獅的造像較為圓扁，獅頭獅身皆有長毛，在京鑼小鼓裏動作小巧精靈。南獅又分門別類，佛山獅、鶴山獅、雞公獅、九角獅、木獅、火獅、醒獅……獅子的顏色也各有喻意，黃獅是劉備之仁，紅獅是關羽之義，黑獅是張飛之勇，武者的嚮往盼望都在裏面了，分則旗幟鮮明，合則統整圓滿，都是立身處世的宗旨。她帶領獅隊在公司行號、酒樓食肆的慶祝活動裏獻藝，取得的酬金，八成留下，其餘的讓徒弟攤分，這是行規。幾乎所有武館都有獅隊，「好夫妻，明算帳」，數目分明同樣是師徒之間的應有之義。

莫桂蘭曾在「孫興社」的麻雀館開張典禮上舞獅助慶，那時候她到了香港才四、五年，日本鬼子尚未進城，可是空氣裏已有戰爭的緊張氣氛。堂口老大是陸南才，大家喊他「南爺」，他跟她說了幾句客氣話，說會安排手下到她的武館拜師。當日有國術社徒弟不小心撞倒了桌子，茶杯在地上跌個粉碎，堂口的二把手哨牙炳喊道：「大吉利是！」南爺瞟他一眼，道：「是鳩但啦！舊的不去，新的不來，明天再買便可。難道要像你的女人？舊的仲未走人，新的已經來了，新新舊舊搞出個大頭佛！」

哨牙炳訕笑道：「女人如銀紙，多多益善嘛！」

莫桂蘭覺得他們像兩個鬥嘴的男孩，亂世裏，難得有如此相知相惜的童真。所以日後傳來陸南才被炸個粉身碎骨的消息，她馬上想到的便是哨牙炳，他的悲慟，她想像得到。二十多年以後，灣仔的街坊都說哨牙炳失蹤了，她再度想起麻雀館裏這一幕，好兄弟，好手足，先走後走都要走，不免又有一陣悽然，遂更慶幸黃飛鴻和徒弟們能夠數十年不變地活在銀幕上，儘管那不見得是真實的他們。

林祖的武館也有醒獅隊，聶耀堂有兩個師父，所以要兩邊幫忙，但亦有兩份酬勞。五年後，他存夠了錢，從香港島遷居深水埗，在荔枝角道上開設武館，自立門戶，正式出山。

5. 榮辱悲歡事勿追

一直買不到《香港武林》一書，是七八年前《明報周刊》和「中華國術總會」合作的報道結集，非常詳盡的專輯，各路各派各門，武者志向風雲，向讀者揭示了我城的另一種陽剛面貌。書已斷市，我手裏只有其中幾期雜誌，幸好終於輾轉從《明周》前總編輯龍景昌手裏取得，足夠讓我消磨幾個居家抗疫的苦悶日夜。

功夫之書，我讀過最動人的終究是《逝去的武林》。作者徐皓峰，口述者李仲軒，出版於八年前，記錄一位老去武者親歷的武林見聞，就是滄桑不回頭的人間傳奇。

李仲軒出生於一九一五年，天津人，師承唐維祿、尚雲祥、薛顛的形意拳，師祖是李存義，形意拳據説由岳飛所創，失傳了，直到清初在一間破廟出土了半卷《武穆遺書》，始重現江湖。金庸《射鵰英雄傳》便曾談及《武穆遺書》的來龍去脈，彷彿曾見真貌，盡顯小說大師的想像力。

李存義出生於一八四七年，形意拳大師，亦擅刀，外號「單刀李」。八國聯軍來攻時，他是義和團手足，率眾夜襲天津火車站，殺過日本人和俄國人，清朝議和後，他和弟子逃亡，隱匿多年才現身。李存義曾經創立中華武士會，是首個有規模的國術普及教育團體，他堅稱形意拳是國術而非武術，因為，武術只為強身健體，國術則是保家衛國，有大志。

尚雲祥是李存義的貼身弟子，如徐皓峰所說，「是給師父擋死的，李存義上戰場、入巷戰，均是尚雲祥護在身後擋冷槍。擋死，也擋事。中華武士會開辦之初，立了百日擂台，為服武行同道，為向市民宣傳，尚雲祥是擂主，鐵打的營盤」。李仲軒向尚雲祥拜師，尚雲祥不收，「因為自己徒孫的年紀都比李仲軒大了，收他為徒，一門輩分就亂了」。最後破了例，要李仲軒發誓一生不收徒，輩分亂只亂一代一人，將來李過世，尚門的輩分便恢復正常。

李仲軒遵守諾言，一輩子不收徒弟，只在晚年寫寫文章在《武魂》發刊，憶述師門瑣碎舊事，也談武林舊規，引起很大的哄動。徐皓峰是他的家族晚輩，有機會深入訪談，再以文學之筆寫成書，便是《逝去的武林》；徐皓峰之後再寫《武人琴音》，記錄形意門其他武者的當代經歷，亦是歷史與個人的糾纏之書，折射了習武者在時代變亂裏，武術雖無可用，卻能以「武德」和「武志」做生命的指南針，讓自己活得更自在，更能熬過種種動亂難關，更可面對種種人世悲苦。或如李仲軒所說，「練形意拳是愈練愈有自己，有了自己，人就愈來愈強」。也如李存義曾言，「夫習拳藝者，對己丈十之七八，對人者，僅十之二三耳」。

榮辱悲歡事勿追。但往事追記起來，對讀者啟示殊多，畢竟有追的價值。

二

大俠與宗師

1. 一代棍王

某夜行經油麻地果欄，九點多了，攤檔打烊了七七八八，剩下的幾間店舖，倒是燈火通明，光線打在五顏六色的水果上，召喚起食慾。但我沒買。或許是心理作用，總覺得夜晚的水果如其他食物，「新鮮度」稍缺，議價空間也較低，寧可留待白天才再來慢慢挑選。倒是心血來潮想找找「大德欄」。

既名為果欄，許多店舖理所當然地以欄為名。以前大多是雞鴨批發販的集中地，其後變成鮮果的集散地，大德欄屬於前身的店，雞來鴨往，甚有人氣，其中有位武俠名師叫做鄧奕，人稱「一代棍王」，聽個名已夠威威。

我最先從《明報周刊》前主編三三小姐的文章裏讀到這個名字。話説鄧奕曾祖父叫做鄧本，師從少林寺至善禪師，再傳後人鄧就、鄧樸和鄧算，鄧奕是鄧算跟繼室馮氏所生的兒子，幼從父親習武，家傳永春（沒寫錯，是永春，不是詠春）拳腳刀棍，他都學了。鄧算是苦命人，在鄉下因田地糾紛打死了人，亡命香港，授拳為生，地點在蘭桂坊和安里 9 號後座。後來事情被擺平了，鄧算回鄉，卻未幾又被人翻舊帳，只好再度來港，在戲院表演武藝，狼狽得很。幸好終於能夠回鄉，最後死在佛山。

至於鄧奕，同樣苦命，在佛山時，妻子被日本鬼子在街上欺凌，反抗時遭斫頭斃命；三歲兒子則當場被拐走，不知所終，二十年後始被輾轉尋回。鄧奕覺得是因為父親的手裏有過人命，報應在兒孫的身上，武術不祥，所以鄧奕於上世紀四十年代末隻身來港後，寧可去做裁縫亦不肯教功夫。無奈搵食艱難，人在屋簷下，不得不低頭，終於答應在油麻地雞鴨市場教拳，換吃換住換錢，而他授徒和居住的地點，就是大德欄。

大德欄應該已沒運作了，但據説招牌仍在，我一直想去瞧瞧。那夜，在果欄裏左轉右逛，找不到，索性問其中一個店舖阿叔：「大佬，請問大德欄響度？」

阿叔瞪起眼睛，用沙啞的聲音反問：「乜欄？」我以為他說的是粗口。

我再說清楚，他先「哦！」了一聲，道：「執咗好耐囉！」

好吧，我無奈繼續獨自逛蕩，萬料不到，歪打正着轉進了一條巷道，朝右一看，見到一道鐵閘，閘後不遠處的牆上有面牌匾，正正刻着三個字：大德欄！

踏破鐵鞋無覓處，幾乎錯覺是鄧奕顯靈，不負我這個有心人。

站在鐵柵前，我想像鄧奕當年在此舞動長棍，演示他最擅長的永春六點半棍法，或有不少人前來圍觀，拍掌喝彩，不在話下。聞說葉問亦常來閒話家常，興致來時，說不定兩人會鬥鬥切磋，詠春大師，一代棍王，拳來腳往之間，識英雄重英雄，然而會否也心知肚明，英雄都老了？

下回到了油麻地，去果欄看看吧。找找大德欄，想想棍王威風，別有懷古幽情。

2. 酒館裏的比武

一直對薛顛這個名字很好奇，想替他寫故事。薛。顛。僅是姓名已夠鏗鏘有節奏，而且一個「顛」字幾乎已足預告了傳奇一生，從晚清走到民國，再走到新中國，因拳腳而成名，因子彈而喪命，亦是歷史的某個反諷側影。

薛顛是河北人，少年習武，師父是形意拳宗師李存義，習得一身好武藝，被師父視為接班人。可惜他按捺不住硬脾氣，只好走上一條曲折的道路，風雲激盪，成就了一番事業，卻又在時代的轉折裏，走向悲劇。

他的第一個起跌，跟比武有關。

那是上世紀二十年代的事情了。他跟師兄傅劍秋講手過招，被打敗了，氣得遠走他方，失蹤了整整十年。這場比武有不同的流傳版本，有人說是在酒館，有人說是在客棧，但結局一樣，敗的便是敗了，「文無第一，武無第二」，輸家就是輸家，認了就是。

我較喜歡那個酒館版本。兩人本無過節，感情算是融洽，但兩杯黃酒下肚，漲紅了臉，聊着聊着有了武學爭拗，便用拳頭解決問題。據說是傅劍秋主動挑戰，他是天津人，本名長榮，又名昌榮，習武後，嫌棄名字過於溫柔敦厚，自改「劍秋」，武林味道十足。他是個人物，在天津設館授徒，曾經打倒俄國大力士，又有日本武士帶同徒弟擺設擂台，連敗幾名國術高手，最後被他擊退。那天衝突，傅劍秋要求師弟即場較量，薛顛道：「這裏？地方狹窄，師兄，不合適吧？」

傅劍秋冷笑道：「打你不用多大的地方！」

薛顛一拍桌子道：「打便打！誰怕誰！」

兩人拳來腳往，打了幾個回合，不分上下，薛顛出了一招把傅劍秋逼到窗邊，心裏高興，暗想必會得勝，因此大意了，傅劍秋突然使出形意拳的「回身掌」，薛顛閃躲，腳下被椅子一絆，整個人竟然仆到窗外路邊，被看熱鬧的路人笑得顏面全失。他站起身，狠狠扔下一句：「以後我找你！」從此人間蒸發，十年後，師父李存義去世，薛顛突然現身靈堂，耍了一套獨特拳式，算是向師父謝恩還禮。

後來據薛顛自述，這套拳由其獨創，他過去十年在五台山隱居，亦跟隨「虛無上人靈空長老」習武，功力大進，已非昔時可比。回來後，他理所當然地要向傅劍秋報復酒館內的一掌之仇，然而經由同門師叔苦勸，答應和解，條件是讓他從傅劍秋手裏接過天津國術館館長之位。

薛顛後來奉了道，在「一貫道」門下擔任重要崗位，卻仍不忘時常接濟同門兄弟，非常仗義。一九四九年後，一貫道被定為「邪教」，關鍵人物，抓的抓，殺的殺。一九五三年，薛顛被指「拳霸」，五花大綁押上刑場，轟隆一聲，子彈穿胸，多年武功跟隨血液流出，流逝了，流走了，流光了。一代武者，拳頭再硬，亦仍硬不過一粒子彈。

3. 大俠與怪俠

王羽先生去矣，大俠告別人間，痛快一生畫上句號。

在銀幕上演大俠，王羽並非第一人，更不是最後一人，但其他大俠只是在銀幕上出生入死，他卻是在現實裏亦常涉入暴力事件，展示了江湖意義下的「俠」客，不一定合法，也不一定合義，但有漢子的氣味，為其他純粹演員的花拳繡腿所無法企及。

最轟動的是「天廚餐廳事件」，那年王羽還不到四十歲，跟四海幫因面子問題結仇，於餐廳宴會時，被埋伏的殺手斫了七刀，搶救保住了命。王羽乃竹聯幫老大級人馬，兩幫於是事後互殺一番，對方有人被斫十四刀，據説是「雙倍奉還」的江湖規矩。警方介入此事，雙方出庭應訊，離場時，竟在法院內大打出手，扁鑽橫飛，視警力如無物，台灣傳媒稱這是「黑道治國」的惡質代表。

主使斫殺王大俠的人，是四海幫的劉偉民，此公早年混迹「龍虎鳳幫」，後來成為四海幫大佬，身高一米八，雙臂粗厚如鐵，心狠手辣，讓人聞風喪膽。他因天廚餐廳事件坐了兩三年牢，出獄後，竟又受國民黨主使，謀劃到菲律賓殺人，只不過風聲泄露，無功而返，輾轉逃到日本，在新宿繼續橫行，終於在卅九歲那年被另一個台灣黑道分子槍殺。殺他的人名叫楊雙伍，比他更辣，持槍行走江湖，遇佛殺佛，曾用霰彈槍重創警員，至於綁架撕票、搶劫行兇，更是屢做之勾當，最後在美國被捕，坐完十二年牢後返回台灣高雄，竟然搖身一變成為商人，從事演藝經理的生意，可見台灣之所謂法治云云，純粹兒戲。

王羽出道早，拍了幾年戲即遇上《獨臂刀》的好戲，一戰成名，奠下一輩子的大俠形象。演《獨臂刀》時他雖相貌俊俏，卻又於眼神裹帶着幾分邪氣，畢竟是江湖歷練入了血，再努力演繹純真，亦無意中流露了草莽實相。之後，一路演來，正派角色佔了絕大多數，偶爾玩玩奸角，猙獰一笑，目露兇光，令人不寒而慄，那才是「本色演出」。王羽的眼神，有霸氣，眼珠子朝鏡頭裹一瞪，像打來兩拳，你吃驚得想側身閃開卻又總閃避不及，而這特色，是一路堂皇正派到底的狄龍所無，各有各的魅力，王羽自成風格。他在銀幕上下渾身是膽，在強調所謂「德藝雙馨」的年代裹，買少見少，已成絕響，不容易再有了；即使再有，亦必被踢爆、被封殺，時代已變，遊戲規則很不一樣，王羽應該慶幸「余生也早」。

相較於《獨臂刀》王羽，我其實更愛十一年前的《武俠》王羽，那是陳可辛執導的電影，隱隱可見向前輩武俠片致敬的用心，尤其王羽在戲裹的角色是大魔頭，悲劇感十足，有把獨臂刀形象翻轉的味道。以獨臂大俠揚名，以魔頭怪俠息影，圓滿收場，過癮，過癮。

4. 五虎下江南

王羽成名作《獨臂刀》由張徹導演。張徹在上海出生，在南京讀書，到台灣時已經廿五歲，因為拍攝《阿里山風雲》被蔣經國賞識，延攬為幕僚，到國防部總政治部做了小官，但終究重執導演筒，轉到香港拍片，因緣際會，成為上世紀六七十年代的武俠功夫熱潮的關鍵推手。

張徹拍紅了王羽，也拍紅了其他人，包括狄龍、姜大衛、傅聲，另有一位陳觀泰，硬橋硬馬，功夫了得，拿手絕活是「大聖劈掛門」的拳和棍，他師父是陳秀中，陳秀中的師父是耿德海，正是「五虎下江南」裏的其中一位著名武家。

話說耿德海八歲在北京跟隨鏢師父親耿榮貴習武，專練據說源自戚繼光的劈掛拳，陝西武家寇四打架傷人，曾獲耿榮貴協助逃亡，可惜終仍被捕，苦坐八年大牢。寇四在牢房觀察窗外群猴嬉玩，日夜琢磨領悟，鑽研了一套「五路猴拳」：企猴、石猴、迷猴、木猴、醉猴。各有攻殺姿態。出獄後，寇四往尋耿榮貴報恩，可惜耿榮貴早已身故，他乃把五路猴拳授予其子，耿德海將之跟劈掛拳融合，獨創「大聖劈掛門」，大聖拳攻下三路，劈掛拳攻上三路，中間施展七十二把擒拿手，手手封喉奪命。

耿德海十七歲做了鏢師，亦做過李鴻章哥哥李漢章的私人保鑣，憑真功夫行走江湖，若有所謂「武林中人」，他如假包換。袁世凱登基做皇帝時，北京天橋旁舉行慶祝會，他公開表演猴拳，技驚四座，名聲大振，一時間，北京街頭巷尾的孩子無不搔首摸鼻模仿猴姿，彷彿齊天大聖的徒子徒孫皆從花果山下凡，衝入皇城搗蛋嬉戲。耿德海後來被軍閥馮玉祥賞識，做了西北軍的教頭，馮玉祥敗陣後，他到南京教拳，另有一番風光。

上世紀二十年代，廣東省政府主席李濟深是武術迷，前往南京觀看中央國術館首屆武術考試，大大開了眼界，不惜重金禮聘顧汝章、萬籟聲、耿德海、傅振嵩、王少周等幾位名師南下籌建兩廣國術館，促成了「五虎下江南」的頭等武林大事。耿德海到了廣州，住習慣了，樂不思蜀，剛好香港的精武體育會有教練崗位，便索性再往廣州之南，由此長居我城，直至病逝於一九七〇年。

追溯起來，陳觀泰是耿德海的再傳弟子，即是徒孫，可惜如今已被逐出師門，陳觀泰拍第一齣那年他已離世，之後在銀幕上把大聖劈掛門的招式向世人展露，他更無緣得見。而就關注功夫的人來說，不曾有人替耿德海這樣的走過大江大海的武家做口述歷史，留下他的生平故事細節，才是最大的損失。葉問師父一生住在南方，耿德海卻是南北直走、東西橫行，用雙眼和雙拳見證了歷史的滄桑變調。不知道他的後人在否？能找到任何文字紀錄？

歷史，在功夫裏，呼嘯生風，只不過我們聽不見。

5. 盤腸大戰

王羽以《獨臂刀》成名，但在同年，一九六七年，他亦拍了《大刺客》，觀眾難忘戲裏那場「盤腸大戰」，指是血腥武俠的經典示範，奠定了張徹導演的「暴力美學」風格。

《大刺客》取材自戰國時代的聶政傳說。聶政本是韓國人，中國的韓國，並非高麗的韓國，師父被奸人所害，他報仇後逃到齊國做豬肉佬。韓國大臣嚴仲子卻找他回去行刺宰相，聶政卻說老母在堂，無法應命。待母親逝後，聶政往找嚴仲子說現在可以幫忙了，於是謀劃一番，終於殺了宰相，但聶政不欲連累家人，當場自挖雙眼，自毀容顏，又剖開肚皮，掏出腸子。韓國官兵把聶政屍首拖到街頭，誰能認出他，誰便可得獎金。聶政的姐姐竟然出頭認屍，為的並非獎金而是不希望弟弟的英勇名聲被埋沒。她伏在屍身旁邊，哭呀哭呀，哭了三天三夜，氣絕而亡。

張徹把這段故事拍成電影，稍稍改動了行刺情節，讓飾演聶政的王羽在打鬥行動中被對手斫傷肚皮，像豬肉腸般的腸子流出來了，他卻一咬牙，把腸子硬塞回去，構成了電影史上震撼的「盤腸大戰」鏡頭。這一招，張導演在後來的其他作品裏一再使用，像狄龍主演的《報仇》，肚開腸露，血漿噴滿銀幕，電影裏還閃過狄龍在戲台上演出的《界牌關》折子段落，同樣是腸流肝曝，悲壯淒美。

《界牌關》是中國古典戲曲的經典劇，說唐太宗西征，兵至界牌關，部將羅通出戰，對手王伯超以槍刺向其腹，挖出了腸子，羅通忍痛打下去，終於得勝。這是武生戲，在不同的地方戲曲裏被改編成不同版本，常被取名《盤腸戰》，戲曲迷必不陌生。據賈磊磊的研究指出，張徹是首位把這段戲曲經典搬上銀幕的導演，並且一用再用，從一九六七年的《大刺客》用到一九七五年的《洪拳小子》，只要有機會必讓男主角肚裂腸斷，在他鏡頭下的英雄壯士，往往不得好死。這是血腸美學，亦是「殘體美學」，很有某些日本經典電影的 SM 味道。

王羽大紅了二三十年，如本欄昨日所述，銀幕下的他，江湖往事多，艷事也不少，而其生平涉及台灣幾十年的社會變化，以及台港演藝圈的風雲變幻。其實 Netflix 常拍紀錄片，這便是大好題材，拍個十集八集絕對精彩。拍攝過程，不妨也帶出鄧光榮，大家早已知道他在香港的社團地位，靚仔龍頭，或許是史上最有型的教父。或許，僅是鄧光榮的故事已足獨立改編成戲劇或紀錄片，取名 The Most Handsome Mafia and His Movie-Land，肯定噱頭十足。另有一個有意思的記錄人選：柯俊雄。他從台灣南部往北發展，演過不少浪子角色，也演過正氣凜然的抗日將領，他跟王和鄧一樣有江湖背景，都是有故事的漢子。

不拍他們，可惜了。是全球觀眾的損失。

6. 公屋裏的宗師

曾經寫及「大聖劈掛門」的耿德海，接獲北美的傳媒朋友電郵，提供相關資料。是同代人，生於香港，上世紀八十年代赴台升學，看來亦曾像我一樣，少年歲月曾對武術着迷，正如麥勁生在《止戈為武》書裏所說，對六十年代出生的男人來說，買拳譜回家自學，或到武館付費習藝，是「共同回憶」，我們在成長階段裏總曾手舞足蹈，但非跳舞，而是在攻擊想像中的敵人。

而真正的「敵人」，會不會是自己？

那年頭尚不流行街舞，亦沒有太多的體育場所，到海灘游吓水，到球場踢踢波，勉強能夠宣泄無窮精力。但問題是，既曰「無窮」，雄性荷爾蒙宣泄之後很快便又潮漲滿溢，彷彿體內有隻怪獸在躁動在猙獰在咆哮，總得找個方便法門排洪。那麼，練功夫吧，一來讓體力在左搖右擺、手揮腳踢的動作裏消耗殆盡，二來呢，再和平的武術亦必涉及「打鬥想像」，進攻與防衛，常跟保家衛國之類英雄主義有關，能夠滿足少年人的浪漫精神。

所以武術是靈魂跟肉體對話，我們鍛煉它們，掌控它們，我們找師父教拳，卻又是自己的靈魂師父、肉體師父，費勁「打造」理想中的自己。

當然也有其他現實的習武理由，譬如防身自衛。五十到七十年代的香港，流氓爛仔遍地，年輕人受了欺凌，第一個念頭是學功夫報仇，又或以備路見不平時可以出手相助。所以，功夫熱潮裏，隱隱有着卑微的自保效用，卻亦有寬宏的世道大志，而這兩者，皆以時代的混亂為底色，武術代代皆有，但在亂世裏，武術有着獨特的價值和社會功能，並非「潮流」二字那麼簡單。可笑也可哀的是，一些學武的人忘了初心，以對抗爛仔始，卻以變成爛仔終，撩是鬥非，恃強凌弱，延伸了許多罪惡悲劇。

據港英政府於六十年代末的統計，全港大概有五百間武館，洋武館卻只有十多間，可見，社會統治權在英國人的手裏，武林卻仍是中國人的武林。自二十年代以來，尤以五十年代為甚，嶺南的洪、劉、蔡、李、莫五大家，詠春，譚家三輾五形拳，達摩蝴蝶拳；北方的少林地螳門、迷蹤羅漢門、鷹爪翻子、七星螳螂拳、峨嵋槍、六合刀、查拳、鐵砂掌、自然門、八卦掌、太極拳、十二路潭腿，各路各派，無不有宗師親來香港寄寓授徒，又或派遣徒弟前來開枝散葉。武館集中在灣仔、北角、筲箕灣、油麻地、深水埗、荃灣等區，有些師父在唐樓天台掛起招牌便招徒練功。但師父表面風光，出門人人喊「師父、師父」，收入卻頗微薄而且不穩定，其實是好苦、好苦。

葉問便是。他的收入只靠學費，經常夠買香煙便不夠飲茶。一代宗師住公屋，想來，可真有點煞風景。

行文及此，忍不住第 N 次重看王家衛《一代宗師》，愈看愈相信這樣的看法：這齣戲，關鍵字並非「宗師」而是「一代」。

世代輪替，江山代有才人出，宗師輪流做，並且可以不只有一人。宗師不妨是個複數。然而一代人有一代人的志業，以及困限，由上世紀三十年代至六十年代，宗師們面對時代流變，舊社會高速崩坍，新社會卻未確認，身懷技藝的武者如何重新定位自己、如何謀生養活自己，裏面又如何涉及社會價值變遷，戲裏在在皆有觸及。王家衛呈現了一個高度虛構的葉問，卻又同時反映了高度真實的世代困局，這是弔詭，唯有看到這弔詭，始能真正領悟電影鏡頭和情節之精妙。

不說抽象的道理了，怕悶。不如談談葉問的故事。

坊間網上已有許多真真假假的傳說，我覺得關於「上海婆」的最可想像。上海婆是葉問於五十年代中後期認識的女子，據一位徒弟憶述，葉師父在路上見到男人打女人，干涉了，男人離去後，女人便跟了他回家。我嘗試加油添醋地寫出箇中細節。

話說葉師父某天在街頭見到男人打女人，厲聲勸阻，男人罵道：「阿伯，關你屁事！」

葉問道：「以大欺小，以強凌弱，男人大丈夫所不為，我看不過眼就是關我的事！」

對方有眼不識泰山，突然發難，用一記十字平拳向葉問臉上打去，來勢洶洶，看得出來是北勝蔡李佛拳的門路，葉師父卻只側身施展小念頭，右掌一攤、一伏、一推，男子右肩中招，應聲連退十步。他不服氣，揉一下肩，嘶吼一聲再舉拳衝前，但葉問不知何時已經閃步到他面前，右拳頂住男子腹前，盯住他的眼睛問：「兄弟，到此為止，好不好？」男子愣住，臉色一陣紅一陣白，慢慢垂低雙拳，轉臉狠瞪女子幾眼，再扔下幾句粗口，悻悻然離去。

女子這時候卻淒淒慘慘地哭起來。葉問道：「姑娘別怕，他走了，你不必捱打了。」

「他今天不打我，明天也會打啊！而且打得更厲害！」姑娘一把眼淚一把鼻涕地說。「你把我害慘了。你何必多管閒事！」

葉問道：「這……這怎麼辦？」

女子擤一下鼻涕，道：「看來只有一個法子。讓我跟你回家，你功夫了得，他不敢再來找我麻煩。」

葉問從此和女子相好。路見不平要相助，結果是助了自己搵到個紅顏知己。

這女子被葉問徒弟稱為上海婆，據說抽鴉片，甚至導了葉問升仙，令他荒廢了授拳，徒弟們不滿，聯名寫信要求師父離開她。好個葉問，他當時住在其中一名徒弟家裏，讀完信，連夜收拾包袱走人，到李鄭屋邨投靠上海婆，在百多呎的空間裏重新招徒，李小龍就是在這時期開始跟他學詠春。

兩代的緣分以公屋為始，自是另一種香港「土地問題」的不變特色。

7. 何況你爸是葉問

如同對莫桂蘭，我亦讀過不少葉問的相關材料，也寫下一些小説的想像筆記。這是其中幾段，人物同樣有真有假，且錄於此，但要再次聲明，這只是我以閱讀材料為基礎，加油添醋而寫的故事而已，千萬別當真。至於你如果問我，到底哪部分是真、哪部分是假，我會回答：請別懶惰，自己查核。

話説，葉問因緣際會結識了上海婆，相好了，漸漸疏於授徒，徒弟們不滿意，寫信給他抗議，迫他在他們和上海婆之間作出選擇。葉問讀信後，二話不説，提起箱子從徒弟家中搬出，遷到上海婆的李鄭屋邨單位。有骨氣。

上海婆住的地方只是一間一百二十英呎的斗室，她和葉問各睡一張帆布床，他們的三歲孩子葉少華睡在地上，沒有傢具，只有個小小的火水爐，另有兩個皮篋塞在床下，以及兩張薄毛氈，其中一張從徒弟手裏借來，徒弟後來取走了，冬寒夜凍，少華冷得發燒了兩天兩夜。少華乳名「鼻涕蟲」，兩行鼻涕常掛嘴邊，葉問取笑道：「它們像我家詠春的兩把八斬刀啊！」

跟上海婆同居後，許多徒弟不來了，葉問的學費收入少了九成，日子過得苦，幸好後來陸續來了新人，主要是巴士工會的司機，生計總算有了出路。葉問本來不喜授徒，佛山少爺不愁吃喝，習武是生活情趣，哪有耐性教學生？即便要教，也絕對不談錢，談錢俗氣，侮辱了武術。葉問在佛山的首徒是周光耀，拜師時也只是跪拜、敬茶。周光耀在家裏排行第六，葉問喚他「六仔」，他父親周清泉在日本鬼子佔領期間接濟過葉問，所以當六仔說：「問叔，教我詠春？」葉問答得爽快：「你想學，我就教。」

有了開始，便有然後，漸漸有其他年輕人登門學藝，葉問略花時間點撥，看見眼前的他們便如見到昔日的自己，在詠春的攤膀伏招式裏正心誠意，壯大其身其志，獨對茫茫天地。所謂武林，所謂江湖，說到底仍然只是一個人的世界罷了。

葉問以授徒為生是五十年代初的事情了。從佛山經澳門轉赴香港，居於油麻地的小客棧，一天路上偶遇做廟公的劉永樂，對方知道他有經濟困難，主動拉他到廟裏暫住。葉問五年前曾經出任佛山刑偵隊長，查漢奸，他暗中提醒跟日本鬼子合作過的朋友劉永樂，劉永樂馬上南逃香港，落腳在深水埗的天后廟，由此種下今天的報恩緣分。老話說「與人為善」，其實從結局的角度看，話裏的「人」也包括了自己，對其他人做的善功，住往會回報到自己的身上。

在廟裏住下，葉問並未荒廢練功，但只能在夜晚練，白天必須出外逛蕩，免得妨礙善眾上香。妻子張永成和兩個兒子——葉準與葉正——仍在佛山，葉問打算自己安頓妥當才接他們過來，但如何安頓，他茫然無策。靜悄無人的夜裏，他抬頭仰望案壇上的天后娘娘，以及觀音、關公、包公、羅漢，四方八面的神佛也在看他，卻皆默然不語，不曾給過半句啟示。他唯有告訴自己，不說話便是說了話，忍耐吧，天無絕人之路，總能熬過艱辛。

廿六歲的葉準來過香港陪伴父親，無奈找不到合適的工作，住了兩個月便回去佛山。這段日子裏，父子倆每天早上搭船過海，在中上環漫無目的地走。

走，走，不斷走，走路就只是為了走路，用鞋底殺盡時間，太陽下山了，走回中環碼頭搭船回廟。登船後，葉問站在船欄旁邊聽浪觀海，一抹抹的鮮辣霓虹倒映在海面奔竄翻騰，看在他眼裏盡是刀光劍影，然而來勢再洶湧，終究無法在水裏留下半分痕跡。詠春如水，葉問低下頭瞄一下自己的雙手，嘴角泛起自得的笑意，身邊的葉準年紀輕，不理解卻也不敢探問。

葉問其實對香港不陌生，姐姐葉允媚嫁給此地富商龐偉廷之子龐玉書，葉問十七歲來港入讀赤柱聖士提反書院，居於上環，畢業後到日本神戶遊歷了一圈才回鄉。他幼時跟隨外號「找錢華」的陳華順初習詠春，陳華順病逝前，囑咐大弟子吳仲素繼續教他，別浪費了這塊練武的好材料。葉問到了香港讀書，偶然結識佛山武家「南海拳王」梁贊之子梁碧，講手過招，對方輕施一記「漏手抱琶」便把他打倒窗邊，木窗框鬆脱，嗑托一聲砸得他額上瘀腫。他服氣，拜梁碧為師，武藝於三四年間更上層樓。葉問日後常對徒弟說：「當年『先生碧』怎樣教我，我今天便怎樣教你。」拳脈如血脈，所有傳承皆以肉身完成，貫之以虔敬，容不下半點馬虎。

此番重臨舊地，姐姐和姐夫都不在了，景物依舊，葉問難免偶有感慨。在中上環一帶行走，葉問經常對兒子指點周圍的樓房和店舖，説某某東主、某某爵士、某某富商曾是他的中學同窗。葉準對父親抱怨道：「為甚麼不請他們幫忙找出路？」

葉問停住腳步，抬起右手掌輕拍一下臉頰，對兒子道：「阿準，記住，人要臉，樹要皮。其他人也許可以不顧顏面，可是，我們不是其他人。我們是學武之人。」頓一頓，又道：「何況你爸是葉問。」葉準繼續低頭前行，心裏嘀咕着，是啊，要面子便得餓肚子。

其實葉問並非從未想過去敲門求助，但掙扎了一陣，到底開不了口。離鄉別井，他手裏甚麼都沒有了，只剩下一身好武功，以及武功給他的尊嚴，他不可不惜代價守護。窮歸窮，沒關係的，詠春在，一切在。

每夜回到天后廟，洗過手臉，葉問立即到天井練功。立馬，開馬，坐馬。小念頭，標指，尋橋。重橋不相碰，弱橋對門衝，移身禦敵力，力剎破門攻。碧先生留下的拳訣和招式在他的血液裏流淌着，碧先生活在他身上。但他不只是碧先生。葉問確信武藝如人，要活下來，更要朝前走，一招一式皆容延伸變化，武藝如水，唯有活水是善水。

天井角落長着兩棵銀杏樹，他在樹與樹之間踢練詠春八腳，横圈護綁，攤膝拍正，都説詠春用「三隻手」打架，那第三隻手，就是腳。但他不敢用勁，點到即止，腳面輕輕碰到樹皮便停住，免得留下痕跡，不好對廟祝朋友交代。有一回忍不住衝動，一記迴旋攤腳踢到樹幹上，「砰」一聲，樹搖葉飛，漫天黃澄澄的扇形細葉似無數的金箔呼呼墜落，幾片葉子停在肩上，他側起脖子，把臉湊近閉目聞索，一股沁涼的清香湧入鼻腔，頓時把他牽引回佛山，回到那比天后廟寬廣十倍不止的葉家莊；院子裏有兩把椅子，一把坐着陳華順，一把坐着吳仲素，心滿意足地看他練武。他們同聲叮嚀：「問仔，要好好練，把詠春武藝傳承下去。」

「會的，師父。會的。」葉問在心裏應答。

天井旁邊是雜物房，他和兒子借居之地，晚上鋪開帆布床睡覺，白天折疊收妥後出門行走，似是廟裏的幽靈，見不得日光。葉問知道葉準和葉正皆不熱衷武學，看來自己的拳藝需待有緣人現身領承，他願意等，到那時候，他願意給。

兒子離開香港以後，葉問如常每天搭船從深水埗到中環，在山路上行行走走，一天走到上環水坑口街，下陰突然感到火燒滾燙，腿和腰都疼痛，他彎身一瞧，兩條褲管鮮血淋漓。原來是痔瘡發作，似有一根火線沿着股溝上下噼哩啪啦地燒開，最後燒到腦門，他眼前一黑便昏臥於武昌酒樓門前。路人召來警察，把葉問送往瑪麗醫院，做完痔瘡割除手術，護士問他有甚麼家人，葉問說：「不知道。」

護士又問他住甚麼地方，葉問又說：「不知道。」

護士猜想他是麻醉未退，神志尚未清醒，其實葉問難以啟齒自己寄居在天后廟裏。護士從他的衣服口袋裏翻出了小簿子，上面抄有幾個電話號碼，打了一輪，終於聯絡上李民前來幫忙辦理出院手續。李民是葉問的佛山舊識，來港後在「港九飯店職工總會」擔任秘書，他把葉問從醫院接到工會的辦公室。葉問苦笑道：「我的拳頭以一敵十，沒想到一粒小小的痔瘡已經把我打倒。看來，我的功夫好鬼水皮。」

李民連忙安慰道：「葉師父真係識講笑。詠春拳光明磊落，防君子不防小人，你在明，痔瘡在暗，只是防不勝防，一時不慎被偷襲。『明刀易擋，暗箭難防』，葉師父日後必須格外留神，小心屁股溝裏的暗箭。」

葉問正抽着煙，被逗得呵呵大笑，冷不防嗆得連咳數聲。咳聲裏，有個濃眉方臉的高大漢子推門邁入，是職工會的理事長梁相，廣東南海人，自小習練龍形拳和白眉拳，從西裝袖管裏伸露出來的兩隻手掌粗厚如石頭。李民介紹葉問，梁相立時雙手抱拳，朗聲道：「葉師父，久仰！久仰！」

坐下寒暄不到幾句，話題轉到武學上面，葉問在醫院鬱悶了幾天，談興額外濃厚。梁相和李民不斷請教，他忍不住站起示範了幾招「來留去送，甩手直衝」的腰馬運轉功架，又多加解説，兩人聽得連連點頭。忽然，梁相正色道：「葉師父願意賞臉到我們職工會開班授徒？不嫌棄的話，在我們的辦公室屈就住下，這裏是葉師父的家，也是葉師父的武館。」

葉問皺眉點煙。

其實來港以前他有個想法，聯絡兩位長輩，他們昔日跟他父親合作茶葉買賣，積欠了若干貨資，待到取回舊債，再作長遠的營生打算。至於應該經營些甚麼，倒未想妥，因為他這輩子只懂詠春武藝，亦只愛詠春武藝，其餘皆甚糊塗，唯有見一步，走一步。豈料人算不如天算，抵步後方知道其中一位長輩已經病逝，親人當然不認帳了，另一位則去了南洋，不會回來了。葉問孤身住在陋巷古廟，繼而暈倒街頭，不可謂不是落泊江湖，淒然戚然，這時候聽見梁相的授拳之邀，難免起了心，動了念。

梁相見葉問抽煙無語，託詞上衛生間，讓他有時間好好考慮。李民忙着燒水沏茶。葉問撚熄了煙，起身挪步到騎樓窗邊往下眺望。

窗外天色暗淡下來，職工總會的辦公室在大南街，馬路兩旁的店舖先後唰唰地拉下閘門，然而街道不愁寂寞，陸續從四方八面走來了許多攤販子，賣吃食、賣涼茶、賣衣鞋、賣玩具、賣雜貨，熟門熟路地各據一方，駕輕就熟地用報紙和木箱佈置好攤檔。攤檔旁邊煌煌地點着酒精燈，一盞盞從街頭接連到街尾，彷彿銀河翻傾而眾星墜落。葉問望見高高低低的人影在恍恍惚惚的燈光裏緩慢移動，記起佛山葉家莊池塘裏唧唧覓食的錦鯉，同樣是在求生存、尋樂子。有個婦人蹲在地上，在衣服堆裏翻了半天，終於抓起一件布裙，抬頭跟攤主討價還價，談定了，輕快地站起，付過錢，把裙夾在腋下轉身走遠。攤主把錢塞進褲袋，袋裏多了鈔票，攤裏少了貨件，一買一賣，各自滿足了需要。葉問腦海忽然有了領悟。貨件是貨件，功夫是功夫，貨件被買走了便沒有了，功夫卻就算論價出賣亦不會被消磨半分，你能學懂多少是你的本事，可是功夫仍然留在師父身上，亦會流傳到一代又一代的徒弟身上，像夜市的燈，一路延伸照明開去。這麼一想，他心頭頓然放鬆，彷彿放下了好些沉甸甸的擔子。

梁相此時坐回辦公室的籐椅上，道：「葉師父，先喝茶，等陣我們下去大排檔吃宵夜。剛才談到的事情，唔駛心急，可以慢慢考慮。」

葉問背靠着騎樓窗臺，拱手道：「梁先生，不必考慮了。承蒙錯愛，葉某恭敬不如從命。可是有言在先，一不在門前掛招牌，二不在報上做廣告。葉某教拳就只是教拳。」

三

李小龍的前後與左右

1. 顧嘉煇悼李小龍

王羽逝世後，網媒刊了多張他跟李小龍的合照，上世紀七十年代初，功夫雙傑，有如一龍一虎在人間，展示了陽剛的動態和美態。豈料，龍倒下了，不到卅三歲，虎活下來，活到了八十歲。在某個國度相逢一笑，王羽或對李小龍侃侃暢談半個世紀以來的江湖風雲，不知道李小龍會否深深遺憾錯過了那許多刺激？

又或者，是倒過來，王羽會對李小龍感慨道，太累了，人間不值得，反而是你在年輕高峰時兩眼一閉，給世人留下最美好的印象和傳奇，那才美妙？

對了，明年是李小龍逝世五十周年，若疫情已退，必有一番紀念展覽之類。成立了幾十年的李小龍影迷組織，雖然陸續加入新血，但主幹成員大多七老八十，也許其中一些人已經需要被人紀念了，例如昔日在香港電台工作的「肥施」施介強，他曾對李三腳如癡如醉，每回見到他，我都拍一下他的肥肚腩，笑道，減吓啦，龍哥唔鍾意人咁肥，你咁嘅身材，做他的超級影迷，冇乜説服力喎。

李小龍逝世之夜，我知道消息，整個人嚇得顫抖。太兒戲了吧？這麼剛毅勇猛的一個肉體，竟然説甚麼倒下？連李小龍都這麼「化學」，世上還有甚麼是堅實剛強的？這番震撼，令我做了一個晚上的「哲學家」，思考生命之種種。

喪禮在九龍殯儀館舉行。五十年後路經門外，狹窄的街道，很難想像當年擠得人山人海。那是七月廿五日，距離李小龍逝世才五天，在那時在這時都是極快的喪禮籌備速度。人多，事也多。有十幾個在門外送別的影迷，不知道是因為太炎熱抑或太激動，先後暈倒，救護車嗚嗚嗚響往來送院，替喪禮氣氛添了戲劇性的悲慟。又有人趁機博亂，擠前貼緊女童的後身，甚至有人把女童強拉到樓梯間非禮。又有一個人報案，指在維多利亞公園發現一個可疑紙袋，貼着「為李小龍報仇」字句，擔心是炸彈，警方到場搜索一番，找到了，裏面卻是垃圾，當天晚報標題是「傻佬放詐彈」，幽了他一默。

靈堂裏，李小龍的洋妻子依照中國習俗披麻戴孝，社會名流和明星前來拜祭，兒子和女兒跪在她左右，跟她一起「家屬謝禮」。蓮達帶着黑眼鏡，哭腫了眼睛，如果那時候有人對她預言，整整二十年後，你的兒子亦會離奇死亡，陽壽比李小龍更短，到那時候，再逢喪劫，她會哭得更傷心，不知道她會否相信？

靈堂牆上掛着輓幛，顧嘉煇寫的是：「兩載相交，曾慶月燦星輝，尚武今後多能者；一朝永別，遽哭龍眠虎臥，知音從此少英雄。」胡楓寫的是：「記憶兩小童年時，念起前程各奔馳。李振藩尋師練武，小號離港外當師。龍過江回聲威猛，一片成名天下知。生來傲骨超凡俗，事跡永留後人思。」

2. 失控的李小龍

二〇二三年是李小龍逝世五十周年，如果疫情許可，想必有人籌辦展覽或講座活動之類，該讚美的仍須讚美，值得肯定的仍要肯定，可是，不知道會否有個部分向世人說說李小龍的「錯誤示範」？

主要是指他的壞脾氣，以及，由之而來的失去分寸，忘記了「知所進退」的尋常道理。

李小龍尚名為李振藩的時候，已是個「壞孩子」，既有見義勇為的俠客精神，卻又常撩是鬥非，以打架為樂，以打勝為榮，闖下不少亂子。他之所以臨急臨忙被父親送去美國讀書，正因在街頭惹了麻煩，黑道白道都找他算帳，也許，這是「因禍得福」，有機會在異邦開拓了眼界，但他並未汲取教訓，從異邦回到故地，從籍籍無名到名滿天下，依舊狂躁易怒，用武力威嚇所有令他不悅的人。

譬如說他曾拔刀指向《唐山大兄》導演羅維，驚動了警察，也許警察亦是李小龍迷，左右勸和，這邊廂建議羅維大事化小，那邊廂叫李小龍寫封道歉信，糾紛遂被擺平。又如他曾在電視鏡頭面前瞪目怒罵主持人，甚至出手推撞，當腎上腺爆發的時候，李小龍六親不認，無法自控情緒。

這兩年有個耳熟能詳的名句，「Be water, my friend」，這是他掛在嘴邊的口頭禪，他相信如水軟弱無比卻又最是堅硬，做人做事，必須借助水的智慧，硬碰硬，只會兩敗俱傷。他乂說，「以無形為有形，以無限為有限」，「僅僅懂得道理是不夠的，必須應用」，「靈魂像肌肉一樣，需要鍛煉」，可是他對狂暴脾氣卻毫無自制能力，既掌控不了靈魂，更把肌肉鍛煉過度，終於耗損而亡。

李小龍當然也有善於掌控的時刻。例如他有深近視，所以特地苦練詠春的黐手和寸勁，方便近距離甚至閉目進攻。他有扁平足，站立不穩，所以跳來躍去是截拳道的關鍵元素。他下體有一邊是「隱睪」，縮進去了，按常理是不容易生兒育女，他卻有辦法讓洋妻子生了一子一女。他汲汲於把自己打造成鋼鐵，豈料，打造過度，在大紅大紫之際讓自己由鋼鐵變成猝逝於女人牀上的廢鐵，雖然成為不朽傳奇，卻亦留下了半個世紀的遺憾。

如果李小龍健在，明年八十三了，是否仍會易怒？抑或會變成另一個王羽，慈眉善目，滿臉父愛，最關注的是美食養生，以及把時間精力放在對抗一場又一場的疾病挑戰？老去的武家，眼神通常有一種曖昧的慈祥，像葉問宗師，一襲長衫，眼睛裏彷彿仍然住着一位佛山少爺，一輩子最關注的只是武術，純正，含蓄，卻又似仍有火種在微微燃着，隨時有適當的風吹過來，火苗噼嚦爆響，他把長衫一撩，躍起踢出一腳，江湖從此再有風暴。

世事無如果，如同世上再無李小龍。但他留下的失控教訓，倒仍值得領悟。

3. 文青李小龍

路經九龍公園附近，見到李小龍銅像威武矗立，忍不住想，如果他不以功夫成名，想必是個相當好的作家。佩服了，他的拳腳；可惜了，他的筆墨。

李小龍有過文青時代，寫詩，寫散文，但大多數時候是寫武術析論，卻又在文字間滲透哲理思考，其實亦是另一形式的散文。他主要用英文，他死後，有人整理出版，部分有中文翻譯，其中有許多動人的情話綿綿：「回憶是唯一不會驅逐我們的天堂。歡樂是枯萎的花朵，回憶卻是持續存留的芳香。回憶比眼前的真實更為持久；我保存了許多年的花朵，可惜皆未能結果。」

他又曾在旅途中寫信給妻子，寫詩：「說了很多，卻無法道出／心底最確切的感覺／離別會非常漫長／但你只須記住／我會永遠牽掛着你。」鐵漢柔情皆在其中。

讀過不少李小龍傳說，寫的都主要是事和言，由此帶出他的內心世界。我倒對他的自我認同狀況最感興趣。譬如說，在一本傳記裏有這樣的一段往事，引起我的注意。話說李小龍在美國一邊讀書，一邊設館授拳，經常於晚餐後帶同徒弟們和女朋友到唐人街看電影。日本的，華語的，刀劍片，武俠片。電影播出以前，功夫迷李小龍利用短短的空檔時間，坐在椅位上，用雙臂將整個人支撐起來做鍛煉。有一回，戲院播放的是《人海孤鴻》，男主角正是李小龍，他在這戲以前已經拍過不少電影，其中以《細路祥》最出名，但《人海孤鴻》卻是令他大紅的電影，拍攝時他已經不是童星而是近廿歲的小鮮肉。該片叫好叫座，無論對他或華語電影來說皆意義非凡。但原來李小龍對徒弟和女朋友皆未曾提過昔日演戲的威風史。

以李小龍的開朗性格來說，對友人憶述往事是正常事，反而，不談不說則是一個必須刻意為之的動作。他到底在「隱瞞」甚麼呢？在迴避甚麼？在「遺忘」甚麼？除了堅持功夫，他跟昔日的演戲史似乎有了認同上的斷裂，不願多提多論。甚至近日流出的一段越洋電話訪問聲帶，一九七二年底的，洋記者問他是否童年時代已經演戲，他也只輕輕笑道，都是一些無甚足道的跑龍套，一語帶過。

如此低調回應，是否因為往昔有過不悅或不屑的經驗，唯李小龍自明。我倒不禁想像，他非常尊敬父親李海泉，但李海泉是「丑生王」，以在舞台上逗人發笑為生，所以，有沒有可能，李小龍特別看重的反而是男人的「陽剛」面向，是想向父親和世界證明自己存在意義的「逆反認同」？

李小龍的爺爺李震彪，外號「啞仔彪」，少年學武，打擂台成名，做了鏢師。從父系源流上看，李小龍也許有着「隔代認同」，回歸到祖輩的武學天地。

猝逝四十九年，其實我們對李小龍的了解，仍有許多謎洞。

4. 鄒文懷車大炮

半世紀多以前，李小龍昏迷於女明星家裏牀上，繼而在醫院被宣告死亡，留下了漫長的哀思與想像。生是傳奇，死是神秘，人間走過李小龍，恍似冥冥中有人預寫了劇本，裏面有個男主角，光芒萬丈地現身於漆黑的原野上，用拳腳，用吼聲，懾住了所有人的眼光，但正當大家猶在目眩神馳，他卻突然消失，夜空回復黑暗，大家呆住了，而這一呆，便是半個世紀。

七月份有不同的展覽悼念李小龍。沙田的官辦博物館有，深水埗的私人「大南天梯」有，連遠在加拿大的溫哥華也有。「大南天梯」是個很有趣的展覽場地，在大南街上，在「一拳書局」旁，有一道長長的樓梯，要拾級而上，如果梁朝偉和張曼玉在梯間相遇，又是另一段王家衛式曖昧的開始。

聞說該場地由幾位中佬夾錢租用，空間不大，幾面牆，只可掛上二十多張畫，但足夠了，因為純粹供老友們輪流策劃展覽，功夫漫畫展、港片海報展、模型車照片展，之類，都是他們的心頭好和好收藏，從箱底翻出來讓同道中人分享。其中一位中佬，曾是或仍是「李小龍會」的會長，近日常在「文雋講呢啲講嗰啲」的油管頻道裏做客席主持，該頻道由口水多過浪花的文雋先生領航，細述華語影壇花邊內幕，他日轉錄成文字出書，自是極寶貴的電影史，亦是大銀幕以外的大功德。

李小龍暴斃翌日，所有新聞報道都沒提及他在女明星家裏昏迷，反而明示或暗示他是從家中被送往醫院，直到兩三天後有小報追蹤查探，始踢爆事發地點是筆架山道 67 號碧華園 A3 號二樓；女主人是丁佩，不是他的妻子琳達。琳達其後在回憶錄裏寫道：「鄒文懷對我說，與其說李小龍死於丁佩家中，不如說是死在自己家裏更為合適。我說，這對我並不重要，如果這已是他所能想到的最好的主意。我們都明白，小龍和丁佩的名字被放大後刊登在報紙頭條，將是一件多麼引人關注的事情。我沒有太在意，我也管不了那麼多，這些都不重要了，我還要照顧我的孩子們，還要安排葬禮。儘管鄒文懷沒有直接宣稱李小龍死在家中，但他確實在發言裏暗示了這點。所以當真相大白後，大家都說他在撒謊。結果，大量謠言突然開始擴散……」

鄒文懷是做大事的電影企業家，但在此事上，判斷非常失準。李小龍暴斃，何等離奇，肯定要經歷死因裁判和法醫檢定的官方程序，怎麼可能隱瞞住昏迷場所之細節？普通明星的八卦花邊，在那年代，或許能夠買通報社的記者編輯去把新聞壓住，然而，那是李小龍啊，壓不住的，愈是去壓，愈惹疑心，很難不構成極嚴重的「闢公災難」。鄒老闆失算矣。

關於李小龍的死因，多年來一直有人抽水猜度，其中亦有合理之處。明天再談吧。

5. 死於不幸

五十多年前的七月二十日，李小龍被推進伊利沙伯醫院的 ICU，時為晚上十一點二十四分，醫生雖然發現他已無生命迹象，但仍盡力搶救，六分鐘之後，正式宣告病人死亡。小龍歸天，人間再無細鳳。

李小龍昏迷在丁佩家中，丁佩向鄒文懷求助，鄒文懷召來朱博懷醫生，並對他説，兩個月前，李小龍曾經癲癇發作，暈倒過，幾乎喪命。朱醫生檢查病人後，決定打電話叫救護車，抵達醫院時，李小龍妻子已在等待，勉強算是見了丈夫最後一面。

對於李小龍的暴斃原因，坊間一直有不同的説法，卻又都有成立的可能性。最主流的説法是，李小龍追求完美，練功過度，傷了身體，死神由是説來就來，在你最脆弱的時刻——例如牀上歡愉之後——攞了你命。

李小龍的大師兄黃淳樑於七月二十一日接受媒體訪問，指稱「李小龍在半年前由美國買來一部練武機器，體積如錄音機，練武時綁在腰間，加電壓後可產生靜電，通過人的大腦，控制肌肉收縮或擴張。這機器對人的體力消耗很大，用兩三分鐘即相當於平常劇烈運動四十分鐘」。難怪嘉禾公司當時的宣傳部經理杜惠東感慨道：「後期李小龍的肌肉非常漂亮，力度非常好，但顯然是太強迫自己練，以至失去了和諧⋯⋯李小龍既弄西藥，又弄這種機器，他的死亡也就成為不意外的事情了。」

所謂西藥，指的是各種維生素和類固醇。大俠王羽說過，李小龍一天吃二三十粒維生素，多年不輟。杜惠東則把二三十粒的數字往前推上「一百多粒」，指「他的身體很棒，身上一點脂肪也沒有，吃的可能就是後來體育界的禁藥類固醇。當時類固醇是剛剛發明的新藥，他吃的分量就不合標準了，因為當時大家對於這種藥還處於摸索階段」。

這些當然純屬猜度。李小龍死後四十五天，荃灣裁判法院召開死因研訊，開庭數回，傳喚了多位專家和證人，查考一番，得出的結論是四個字：死於不幸。據研訊資料顯示，李小龍腦部水腫，亦在腸胃間檢驗出大麻，但未發現酒精或嗎啡；至於鄒文懷、琳達、丁佩的供詞細節，互有矛盾。

醫學專家們認為，丁佩當天曾讓李小龍吃一種名為 Equagesic 的止痛藥，含有阿士匹靈，它跟李小龍曾經服用的其他背傷止痛藥混合後，有了副作用，導致腦水腫；李小龍當天又抽了大麻，又喝過薑汁啤酒，胃內像打翻了五味架，極容易出事。然而多年以後，有美國法醫重新檢視驗屍報告，認為李小龍主要死於隨時可以發生的「癲癇猝死症」，跟長期工作過勞有關，卻跟當天吃了甚麼不太有直接關係。

無論如何，人已遠逝，只留傳奇，七月二十四日，李小龍喪禮於九龍殯儀館舉行，靈堂掛上輓聯：魂散淒清齊奠萬錢空入夢，鸞輪縹緲靈前灑淚賦招魂。

6. 其實錯過了李小龍

李安籌拍的《李小龍》不知道進度如何了？

最初也許考慮順應李小龍逝世五十年隆重上映，但顯然來不及了，李安向來慢工出細貨，一慢再慢，電影能在五十五周年來臨以前現身已經不錯。倒是BBC手快腳快地拍了段短片，訪問了幾名龍迷和「李小龍會」會長，回顧李三腳對於功夫熱潮和華人形象的深遠影響，布魯斯李在揮拳踢腿時發出的叱喝怒號，彷彿仍在尖沙嘴星光大道的銅像四周繚繞不去，遠比風聲勁。

這兩年，特區政府強調要向世界「說好香港故事」；其實李小龍的故事便是極動聽的香港故事，特區政府不懂或不願好好利用這「資源」，可惜了。

李小龍出生於美國三藩市，卻在香港成長，在香港由《細路祥》的童星做到《人海孤鴻》的叛逆少年，更在香港學武，在香港闖禍，漫漫遙遙的十多年，他蛻變成另一個人，我城也蛻變成另一個城市，僅是這段成長歲月已可帶出無數的變幻故事。

然後呢，他去美國，讀書，教拳，拍戲，開始有了名氣，卻又屢受打壓、常遭挫敗，終於回流香港，抓住了機會揚名立萬，繼而在國際上打響名堂，這條兜兜轉轉的成功路，包含了時代的機遇和個人的奮鬥，有洋有華，有中有西，是多種能量的碰撞結果，裏面有徹頭徹尾的「香港氣味」和時代精神，之於我城，極有代表性。當然，若從「政治正確」的角度看，裏面又有太多的逆向種族歧視、狂熱愛國情緒、雄性父權主義之類，非常要不得，但若能刺激大家思考討論，仍然值得去談去說，除非特區政府最不希望見到的正是市民動腦思考，否則，用李小龍來說香港故事，多元、立體，有啟示有反思，是極佳的討論範本。

至於李小龍之死，同樣可由不同角度出發檢視。醫學健康的角度、work-life balance 的角度、文化傳承的角度，皆有可說之處，而且不悶，充滿傳奇，如果拍成 Netflix 上的紀錄片，足以說完一集又一集。

如果特區政府負責推動「說好香港故事」的官員有足夠的敏感度，理該一早跟 Netflix 或其他國際平台合作，投錢籌拍最新版本的李小龍傳奇。明白的，這頗有風險，洋人不一定會聽你支笛，並非你想他點拍就點拍、你唔准他講乜他就唔講乜。那麼，最安全的方式是自己找人拍了，自編自導然後找人演，把風險系數降至最低，務求用英語或其他外語呈現李小龍的傳奇生命，透過各路平台擴大點擊率和瀏覽量，依憑李三腳的昔日威名，收視反應總不至於太差。

李小龍死得太突然了，這些年來，雖然陸續出現關於他的新材料，但其實尚有許多遺珠，譬如說，他的授業師兄黃淳樑亦是傳奇，卻似乎被人談得不夠多，更未有相關的傳記影視作品。黃淳樑是葉問的重要弟子，葉問曾贈他「詠春正宗」匾額，且讓我有機會再好好細述其人。

7. 李小龍周邊

一直好奇，為甚麼華語影視作品在拍李小龍之餘，沒有認真開拓「李小龍周邊」的相關題材？跟李小龍有過合作的人，本身就有許多精彩故事，不拍，太可惜了。

譬如說，李小龍的大師兄，黃淳樑。

黃曉明在《葉問 2》裏飾演葉問的徒弟，角色原型就是黃淳樑，而他的生平已足拍成一齣電影或電視劇。黃淳樑出生於一九三五年的香港，個子矮小，在學校常被霸凌，於是學武自衛，一學便着迷至不可自拔，從太極拳到西洋拳，無所不學，似想把天下功夫盡藏於身。他氣焰囂張，渴望做「世一」也覺得自己是「世一」，到處踢館，挑釁各路師父跟他過招，而且深信願打便該服輸，全力拼搏，打人不必留手，被打到臉青鼻腫亦怪不得對手。

黃淳樑踢館，慣用激將法，激到對手無法迴避不戰，而又於打鬥時方寸大亂。例如有一回他挑戰一位老教頭，對方不屑地說：「後生仔，你毛都未出齊，識乜嘢功夫？先回去跟你師父習武十年，再來搵阿叔吧！」黃淳樑笑道：「我確實唔識功夫。我只識一拳一拳打你塊面、一掌一掌打你個嘴，咁就夠了！」老教師怒不可遏，衝前出招，結果卻被他踢倒於地。

又有一回，另一位師父在出招前喝道：「睇吓你捱得老子幾掌！」黃淳樑回道：「一掌都唔使捱！我今天來這裏，是要打你，唔係要捱你的掌！」結果又是他打贏，勝者為王，輸者再無話可說。

黃淳樑十八歲向葉問拜師，同樣始於踢館。他先是挑戰葉問的徒弟，打倒了一個；再挑戰另一名徒弟，又打倒了。葉問終於親自出手，不到十招，已把黃淳樑逼到牆角，而他其實有許多招都可以實實淨淨地打到黃淳樑的臉上和身上，但他點到即止，不欲傷人。最後，葉問望住黃淳樑的眼睛說：「試招？年輕人，試夠未？」

黃淳樑寫個服字，叩頭拜師，葉問看出他是人才，毫不保留地教，到了晚年，更贈他「詠春正宗」匾額，等於認可他是門派功夫的繼承者。

年輕時的黃淳樑，跟葉問習武，卻仍經常偷偷踢館，在江湖上得了「講手王」的稱號。終於有一回，踢館踢出禍，他把一位上了年紀的武家擊倒於地，武家掙扎站起，他竟然再揮一拳，對手嘩然慘叫，抬手掩住右眼，鮮血從指縫間汩汩流出，治療後失去一目；黃淳樑無比愧疚，決定從此專注於練功，不求比試。

李小龍初向葉問習武，許多時候都由黃淳樑負責點撥，黃淳樑等於他的半個師父。李小龍猝逝那年，黃淳樑三十八歲，早已設館授徒，在香港和內地皆培養了無數門生。他活到六十二歲，打麻將時一連吃了幾鋪大糊，太興奮了，心臟負荷不了，一命嗚呼。

武林高手喪命於竹戰的四方城內，真有文學氣味，亦是香港好故事，豈能不拍。

8. 因為他是我師父

寫了葉問的小說，理所當然地也會寫李小龍。這又是小說筆記的其中幾段，關乎李小龍向葉問拜師，關乎李小龍向葉問道別，again，真真假假，你自己喜歡相信便相信甚麼了。反正我是這麼想像的……

李小龍出生在美國三藩市唐人街的東華醫院，按中國人的老規矩，他在呱呱墜地的那一刻已經是龍。那是一九四〇年，庚辰年，十二生肖裏屬龍。那是十一月廿七日早上七點十二分，辰時，地支對應亦是龍。然而他的姓名跟龍扯不上半點關係，他叫作李振藩，英文名字是 Bruce。

他父親李海泉是戲班名伶，前一年底跟隨「大舞臺劇團」到美國巡迴演出，募款抗日救國和接濟難民，妻子何愛瑜同行，路途上懷孕了，留在西岸待產。何愛瑜本想替剛誕下的兒子取名炫金，華人慣稱「三藩市」，她期望他在這個城市炫耀威風。李海泉皺眉想了想，嫌「金」字太俗氣，決定叫兒子作「震藩」，聲震三藩市。但有親戚說：「不太好吧？他祖父的名字是李震彪，孫子避諱一下，比較妥當。」於是改「震」為「鎮」，同樣有沉重的力量。

然而李鎮藩只是書面上的姓名，美國移民局文件上的，香港學校證件上的。平時，家人喚他作「源鑫」，這是族名；或者叫他作「細鳳」，這是乳名。他有姐姐李秋源和李秋鳳，哥哥李忠琛，八年後有弟弟李振輝。本來另外有個哥哥，可惜夭折了，祖母確信他是被「金甲神」吸走了魂魄，所以李家男孩從此在六歲以前都要穿女裝和打耳洞，也要取個女性化的乳名，瞞騙鬼神保命。女兒則無所謂了，金甲神不見得不會傷害女嬰，只不過傷害了亦不要緊。

細鳳十一歲正式成為大家所熟知的李小龍。他出生不到六個月便跟隨雙親回到香港，居於旺角茂林街5號二樓。因為有不少長輩是演員和導演，他常有機會到片場客串童星，用過李鑫、李敏、李龍、新李海泉、小李海泉等藝名參與了六七齣戲，到了拍攝《人之初》，戲份比較重，負責宣傳工作的袁步雲認真地替他重新取名，李小龍，從此定下來了。見龍在田，飛龍在天，亢龍有悔，直到最後神龍首尾皆不見，他在短暫生命裏翻天倒海都用這個名字，他愛這個名字，世界也都記得這個名字。

在電影廠和學校裏，李小龍都是令人頭痛的孩子，師長和同學給他取了「猩猩王」的諢號，他奔來逐去，彷彿身體稍為靜止便會爆炸，皮膚會發麻。他的眼耳口鼻似長在手上、腿上。連腦袋也長在拳腳上面，唯有在手舞足蹈的時候才可以思考，才可以向世界宣達他的喜怒哀樂。有長輩教小龍太極拳，也有長輩教他洪拳，希望消耗他噴泉般的體力，豈料他更亢奮了，知道世上有一種東西叫作「功夫」，能夠讓手上腿上的每個動作有了名目，自己由此也有了名堂。他不再是戲裏這個那個的假扮角色，也不是父親的兒子、老師的學生、同學的同學。在功夫的一拳一掌一腳裏，他純粹是他，結結實實地呼吸裏、活裏。

李小龍渴望對世界證明自己呼吸着、活着，所以，他喜歡打架。在課室裏跟同學打，在街頭上跟爛仔打，無論贏輸都痛快。李小龍有一回腫着眼睛回家，姑姑坐在八仙桌前磕核桃，準備晚上煮糖水，瞥他一眼，掩嘴笑道：「細鳳，又打架了？哎喲，你跟爺爺一模一樣，成日動手動腳，也只懂得動手動腳。」小龍頓時豎起眉毛，眼睛裏滿是好奇。不待追問，姑姑邊用小帚子把核桃殼掃撥到桌底的小木桶裏，邊對他說從母親嘴裏聽回來的父親舊事，說說停停，聲調抑揚頓挫似唱粵曲。她婚前在戲班唱旦角，婚後賦閑在家，無兒無女，日子過得千篇一律，唯在婉婉說事的時候能夠感受到生命的活力，因為眼前有人，有聽眾。

姑姑說爺爺李震彪是廣東順德江尾人，幼時生病發燒，燒壞了喉嚨，無法多說話，鄉里的人都叫他作「啞仔彪」。他習武，寡言多練，練出一身好武藝，在擂臺上打出了名堂，到佛山做鏢師，養活一家老少八九口。鄉間傳說他曾在林間路上遭遇盜匪，同伴們逃的逃、傷的傷，剩下他以一敵十，身中多刀卻仍用一根長棍擊退敵人。嶺南一帶的山賊都知道他，都怕他，給他取了個外號：震山虎。多年以後，震山虎告老還鄉，兒子李滿船長大了，到廣州學戲，藝名李海泉，成為粵劇伶壇的「醜生王」。李海泉衣錦還鄉的時候，李震彪已經有幾分老昏癲，向他伸手索錢，說：「老子要去闖蕩江湖！」李海泉嗤笑拒絕，父親竟然對他動粗，他無奈掏錢。李震彪出門幾天後，突然回到家裏，不言不語，身上的錢當然蹤影全無，手上背上亦有多處棍棒傷痕，無人得知到底發生何事。過了一陣子，李震彪一睡不醒，手心裏卻仍攥着兩個鍛煉腕力的小鐵球。

姑姑用手指戳一下小龍的前額，笑道：「也許你就是爺爺的投胎托生，他要你代替他完成打天下的未了心願。」

小龍不禁打個寒戰，想道：「真的嗎？如果我是爺爺的轉世，我還是不是我？我是自己在活着，抑或只是替爺爺重回人間，再活一回？」心底冒起一陣熱，又想道：「爺爺要闖蕩的是甚麼樣的江湖呢？震山虎有沒有把武功帶到我的身上？爺爺以一敵十，我呢？我的拳頭能夠打敗多少人？」姑姑的一句戲言讓十三歲的細鳳思潮澎湃，自覺像讀過的武俠連環圖裏的少年俠士，發現了身世的天大秘密，站在懸崖邊緣，不知該何去何從，頭頂有一隻巨大的鵬鳥在盤旋鳴啁。

迷惘間，大門咔嗦一聲，父親回家了，手裏提着沉甸甸的戲服袋子。小龍連忙跑回房間，旋即又溜到姑姑的房間裏，取走牆上掛着的一張爺爺照片，折返房內，盤腿坐在地板上認真端詳，愈看愈覺得爺孫長相酷似。眉毛，眼睛，翹薄的唇，尤其前突的尖下巴，彷彿刺向世界，永遠不服氣，永遠想令世界服氣於他。隔壁房間傳來父親的咳咯痰聲，小龍眉頭皺了一下。他尊敬父親，也感受到父親對他的護愛，但他不願意跟父親一樣終身站在舞臺上以逗人發笑為生，不管能夠賺多少錢，他都不要。他不稀罕「尊」和「敬」，他要的是「畏」和「懼」。小龍覺得爺爺的力量已經灌注到他身體裏，他立足在這世界上，世界立足在他的拳頭上，拳頭放下了便是世界毀滅。

小龍站起身，走到鏡子面前，凝視鏡裏的自己，渴望身體快些長大，快些，再快些。他把雙拳抬到眼前，恨不得生命像一齣電影，可以被剪接，可以有特技，眨一眨眼睛，拳頭馬上變大、變硬，他在茫茫草原上，掄動雙拳，躍起踢腳，刮起一陣摧枯拉朽的呼嘯風聲，草木皆倒。生命是常人的生命，但年少的他已經立定志向，誓把生命活得比電影精彩。

拜葉問為師那年，李小龍十五歲。是在油麻地利達街拜的師。葉問最初在港九飯店職工總會教詠春，夜晚到騎樓鋪開帆布床，倒頭便睡。後來換了幾個教拳的地方，上環的職工總會分部、中環的士丹利街、深水埗的海壇街、汝州街的三太子廟，別人看他是漂泊江湖，他卻怡然自得，只因仍能跟詠春不離不棄。

年輕的李小龍已經演過十多齣電影，是有名氣的演員了，卻仍壓制不了青春叛逆，經常在學校和街頭打架，又跟幾個朋友拉團結伴，號稱「龍城八虎」，他是老大，外號「小霸王」。他聽說詠春能於方寸內發勁，適合有深度近視的他進行短距離攻擊，於是到利達街拜見葉問。見面當天，葉問囑他露露身手，李小龍抬一抬鼻樑上的太陽鏡，霍霍地打出兩三記十字沖拳，再往木人樁上橫踢幾腳，收勢立定，滿臉的趾高氣揚。他知道葉問功夫厲害，卻確信明天的自己會比葉問厲害，所以沒把任何人放在眼內。葉問心裏有數了，是個人才，但見他受限於天生的扁平足，步姿飄浮不穩，忍不住暗歎可惜。以相論相，小龍的福壽易受折損。

葉問問李小龍：「明天可以開始學？」

李小龍反問葉問：「今天可以開始教？」

葉問抬頭望向比他個子高了一截的李小龍，笑道：「你想今天學，但師父只想明天教。」

在葉問心裏，武館的七八十人絕大多數只是「學生」，繳的錢是學費，他收下了，認真地教，他們認真地學，各盡其責，誰也不虧欠誰。另有五六人較具學武的天分，被他視為「徒弟」，他們交到他手上的錢是孝敬，雙方同樣是認真地教拳和學拳，但他對他們的功夫上心，關切他們的本領進境，又常相約到北河酒樓飲夜茶和聽粵曲、在深水埗散步和遛鳥，順便對他們説説武林的故人舊事。小龍拜師沒多久，葉問已經確信他是這兩類以外。葉問讚歎他的潛能和意志，他亦讓葉問看見他的拼勁和付出，每天到武館操拳六七個小時，從未喊過半聲疲累。學生們把詠春看成強身健體的運動，徒弟們把功夫看成拳腳技能的修習，李小龍卻把武藝視為生命裏的頭等大事，在打出的一招一式裏灌注了滿滿的大志。葉問從他身上窺見武林前輩們對於武藝的執着，他的藝名是小龍，卻渴望成為武林的大龍，唯一的龍。

一九五九年四月廿九日，李小龍帶着父親給的一百元美金，孤身搭乘威爾遜總統號郵輪前赴美國，目的地，三藩市，他的出生地；這一天，距離他十九歲生日尚餘二百一十二天。出走的決定是倉促的。小龍到處撩架講手，招惹了妒忌，又得罪了黑幫爛仔，四方八面都在找他的麻煩。警察局的朋友對李海泉透露風聲，小龍打傷了一名富商的兒子，富商妻子報了案，警察隨時上門抓人。李海泉和何愛瑜盤算一陣，決定安排兒子赴美讀書。對其他年輕人來說這是值得高興的放洋留學，但之於小龍，卻是狼狽的亡命天涯。

李小龍非常沮喪，甚至考慮過違抗父母，然而臨近出發，心底反而隱隱泛起亢奮。他想道：「亡命天涯也就是闖蕩江湖啊，這不正是爺爺的心願？這也是我的心願。香港江湖太窄太淺了。所以，並非香港把我趕走，只不過是我不屑被困。我是龍，龍游淺灘，我不甘心。外面的世界等着我，我來了，我要興風作浪，世界將會對我畏懼。」

出發前的十多天，親戚朋友分別宴請餞行，一頓飯連一頓飯，但小龍覺得最要命的不是吃撐了肚皮而是必須配合他們的情緒，強裝依依不捨。每回散了席，他獨自走路歸家，沿途不斷揮拳擊向掛在電燈柱上的捕鼠箱和樓房門外的信箱，木的、鐵的，砰砰、砰砰、砰砰，彷彿向世界做出最響亮的警號。我要來了，我要來了，Bruce Lee 要來了，你們準備好了嗎？

師兄弟也替小龍餞行，在赴美前的晚上，雖然都暗暗慶幸他要離開，但是卻要誇張地表現出不捨。他們一直不滿李小龍把詠春打得不似詠春，更憎嫌他氣焰囂張，自視為武林第一高手。到了曲終人散，葉問叫李小龍陪他返回李鄭屋邨，他囑咐上海婆帶孩子到樓下公園玩耍，留下師徒兩人，站在木樁旁邊，一招一式地重溫他曾教導小龍的詠春拳腳。對練了幾輪黐手，小龍突然使出比平常試招更大的力氣，用膀手壓低葉問的手掌，再向上揮拳，眼看快要打到師父的臉，葉問卻不慌不忙地彎腰，橫推一掌，掌背抵住他的腰。兩人對望一眼，小龍低頭歉愧道：「唔好意思，問公，我並不是故意偷襲。」葉問微微一笑，道：「點解要唔好意思？你打不到師父啊！」小龍是認真的慚愧，想不通自己為何沒有收住力度。跟師父過手，偷襲是最大的冒犯，他自問無心，至少，自以為是無心。葉問並不見怪。習武者當然應該渴望打敗師父，所謂「青出於藍」，懂得這麼想、敢於這麼想，才算得有上進的志向。「藍」永遠是「青」的假想敵。只不過，徒弟是師父教出來的徒弟，即使徒弟贏了，師父也並未算輸。

兩人坐下拭汗，喝過熱茶，葉問對小龍說：「走，陪師父散散步。」

兩人從李鄭屋邨緩緩走到大南街，再走到深水埗碼頭，馬路一片漆黑，路邊騎樓下，暗影幢幢，企街妹在兜攬生意，不絕於耳地飄來陣陣笑聲浪語，像海面拂過來的風，有鹹澀的味道。葉問跟小龍開玩笑道：「到了花旗，別忙着跟鬼婆胡混，糟蹋了一身武功。」

小龍調皮地說：「學了詠春，不用在鬼婆身上，太可惜了吧？為國爭光啊。」葉問作勢揮掌打他的後腦勺，啐道：「阿飛！」小龍閃身避開，縱聲大笑着走在他的前頭，忽然，回身道:「問公，有件事情我很好奇，但一直不敢問。」

葉問睃他一眼，好奇他的好奇。小龍立定腳步，問的竟然是:「問公為甚麼鍾意上海婆？」

葉問愣了一下，背剪着手，低頭前行，邊走邊自言自語地說:「她鍾意睇我打功夫。我鍾意她鍾意睇我打功夫。」男人需要一雙仰望的眼睛，女人的，必須是女人的。如果只有男人的眼睛，並不是不好，只是不夠。

小龍似懂非懂地「嗯」了一聲，急步追上師父的步伐，葉問卻又停下來，轉身問他:「你為甚麼鍾意打功夫？」

這問題難不倒小龍，他從習武當天開始已經有了答案，天地為證，他知道打出每一拳、踢出每一腳的理由。所以小龍篤定地說:「功夫讓我感覺到自己的堅強。我是個強者，我鍾意做個強者。」頓一頓，他反問:「問公呢？為甚麼鍾意打功夫？」

葉問聳肩道:「跟你相反。詠春讓我學懂了柔軟，如風，如水。風無形，水無狀，可是無堅不摧。」

兩人並肩慢慢走過幾條街，小龍對葉問說了抵達美國後的許多盤算。入讀中學，課餘打工賺錢，尋找武館練功，待到機會來臨，開設自己的武館。葉問沉默聽着，突然，迅雷不及掩耳地側身輕揮一掌，不偏不倚地拍在小龍胸前。小龍「呀」了一聲，不解地望着師父。葉問笑道：「師父一直想去花旗走一走，可是，老了，走不動。剛才的一掌代表師父。小龍，你把詠春帶過去，讓鬼佬開開眼界。」

小龍默然無語。明早登船離港，萬水千山，他雖具雄心壯志，心底始終忐忑，不清楚鬼佬的江湖是個怎樣的江湖，但師父今夜這麼一說，他頓時有了撐持，多了幾分底氣。他要把詠春帶去美國，然後，不止把詠春帶回香港。感懷之際，葉問忽然道：「對了，耍兩招你從邵漢生那邊學到的『節拳』俾師父睇睇。」邵漢生是片廠裏的武打演員，教過李小龍幾招節拳。既然師父有命，李小龍照辦，對着空氣打出兩記連環中拳。葉問頷首笑了，勾一下手指，示意小龍朝他正面進攻。他遵命打出第三拳，不知何故，葉問竟然不閃不避！他硬生生地收住拳頭，葉問卻踏前半步，主動讓左肩吃了拳頭，「嘭」一聲，雖然力度不大，但打中了就是打中了。

小龍大吃一驚，急道：「問公，沒事吧？」

葉問擺一擺手，道：「冇事，師父挨得起。詠春是寶貝，但詠春有詠春的局限，你就把這一拳看成是打敗了師父，也替詠春打開了局面。去到花旗，放膽走自己的路、過自己的橋。」

小龍領受葉問的好意，心頭一熱，但抿嘴忍住了淚水。男兒不哭，他要用鋼鐵般的拳頭奔向世界。他替葉問揉了揉肩膀，跟師父相視一笑，然後陪伴葉問回到李鄭屋邨。門前道別之際，他向葉問提了最後一個問題：「問公，武林裏，你最佩服誰？」

「還會有誰？」葉問哼了一聲，道，「當然是我師父。」

小龍道：「理由呢？」

「就因為他是我師父。」

四

百年，想起金庸

1. 金庸的武林

二〇二四年是金庸先生的百歲冥誕，以其筆下人物為主題的雕塑展熱鬧登場，也有大鵬，集體重現了武俠江湖的奇幻想像，裏面有人間現實的折射和折騰。在無與倫比的多部著作裏，金庸彷彿一再提醒大家，不管你如何卓絕如何超脫，畢竟仍然活在歷史的茫茫背景裏，你的掙扎與取捨，你的情慾和挫敗，都離不開時代的局限。

沒錯，你可以選擇，可以犧牲，但並不表示必能如願。因為時代由許許多多的個人組成，你的選擇遇上別人的選擇，層層相加或相減，得出的往往是意料以外的結果，而每個人的成敗亦極不相同。所以，說到底，「盡其在我」便是了，江湖獨行，俠士俠女面對的是世界，但真正成全的只能是自己。

金庸用行動替這領悟作出了示範。他編劇，他創作，他辦報，他做他所能做和所願做的事，用數十年的天才和心血，創造了「金庸」這個 IP。當金庸論政，你有權不同意他的觀點，但不太容易否定他的真誠，他基於個人對世情的判斷而立論、而鼓吹、而推動，知他也好，罪他也罷，他仍然照做，儘管他仍會難過——譬如說，《明報》的編輯記者曾經挺身公開反對他，抗議他，他在其後的訪問裏說，他很傷心。

也許正因明白不管是誰都會受到時代局限，金庸才會提出保守的民主方案。他當時的判斷是，北京領導人所能接受的極限便是這個了，若再進逼，只會落得退步收場。他的看法是否正確，會不會是對方明明可以給五元，他卻只敢索取兩元，至今仍然值得辯論。也許「高度現實主義」和「高度理想主義」一樣，皆屬虛妄，根本沒有早已寫定的答案，所有可能的答案皆屬人為，問題是必須有足夠的人朝着同一條路徑前行，如果腳步紊亂，如果足迹稀少，自然不成其路。金庸企圖透過他的媒體力量和江湖地位把眾人推向他的判斷目標，卻欠缺足夠的説服論證，也冒犯了社會的集體情緒，結果犯了眾怒，如同他的筆下角色，風雲色變的方向，絕非一個人所能決定；江湖如人間，永遠有個叫做「共業」的東西在運作。

金庸其後售出《明報》，據説跟其「傷心」不無關係。但報社易主之後，所謂少俠搞出了一堆爛事，敗走柴灣，他的感受相信必已非「傷心」所足形容。他當初亦是基於審慎判斷而作此商業決定，但判斷歸判斷，報社新主有自己的「業」，此業加彼業，共構了後來的結局。

紙頁上的金庸，書桌前的金庸，報社裏的金庸，權力圈內的金庸，多面睇金庸，足讓眾人睇到幾十年甚至幾百年。

他本人就像一個武林，分飾不同角色，兼擅各式拳路，那副國字臉的背後，滿載着曖昧的流動魅力。難怪觀賞雕塑展的時候，彷彿見到他巨大的身影浮在半空，俯視群生，暗笑你們都不懂我。

2. 金庸是「第三者」

金庸先生百歲冥誕，掀動了網上二手書拍賣熱潮，各種版本的金庸小說，本來已是有價有市，現下更被追捧，上世紀六十年代初版的著作無不以五位數字成交，較新的版本也漲價了至少 30%。金迷們的熱情高漲難擋。怪不得曾有人說，你無法只讀一部金庸。

意思是說，讀了第一部，便必被深深吸引，立即想讀第二部；然後是第三部，然後是第四部⋯⋯直到讀完為止。由是成為「金迷」或「金粉」，就算不是如癡如狂，腦海裏亦從此住着他筆下的各路武俠英雄和壞蛋，擺脱不了他們，而他們就是金庸的化身，跟你不離不棄，莫失莫忘。

「你無法只讀一部金庸」的另一層意思是，你無法滿足於只讀一個特定的金庸小說版本。這麼多年來，他把著作修訂再修訂，一旦做了「金粉」，你必很想探究不同版本裏的情節差異，不一定是為了判別修訂得好或壞，只不過為了想像金庸在修訂背後的心理狀態，想了解他為甚麼如此取捨。錢鍾書說過，讀書如吃雞蛋，好吃便夠了，無謂費神去看母雞到底長甚麼樣子。這可不一定。有些書，你被深深撼動過，很難不渴望多知道關於作者的一切，長相與人品，言談與神態，從而加深讀後的樂趣。你不只想看母雞的長相模樣，更想感受母雞的喜怒哀樂，佔有母雞所曾觸碰的一切。此之所以，作家的故居可以參觀，舊物可以拍賣，簽名著作更是輾轉於各藏家之手，至於相關的生平秘密更是出土再出土、考證再考證，永不嫌多。「金庸產業」如今只是初興，自此之後，必更興旺繁榮。

我手裏有一堆初版金庸小說，好幾回了，心想不如賣掉算了，換些鈔票，多去旅行，比把它們留在書房裏更實惠。

然而實在捨不得，把書從架上拿下來，翻幾翻，又放回去。一次兩次三次，皆如此，因為翻頁時看見的不只是密密麻麻的文字而更是自己的影像，彼時從灣仔哪間書店買回小說、如何窩縮在牀上追讀、怎樣跟同學辯論金庸筆下的人物正邪……一幅幅的歷史畫面浮現眼前，那是我的記憶寶藏，而此刻握在手裏的厚實書本正是記憶的物質見證，等於在時光廢墟裏留下的「遺址」，把它們讓出，等於割棄了部分的自我，豈不傷感？

於是又把小說放回書架上。封塵就封塵吧，斷捨離，說時容易做時難，我明白這是「我執」，但我甘而為之；或者倒過來說，一旦為之，心裏不安，寧可在「我執」裏快樂自在。

三十多年前買過一套硬皮典藏「遠流版」金庸小說，赴美讀書時借放在好朋友家裏，其後失聯，人找不着了，書當然也沒了。這是這輩子最令我心疼的書債，我是債主，那位好朋友在我的記憶中變成壞朋友——金庸竟然成為我的友情關係裏的「第三者」，自是我的榮幸了。

3. 可憐的鵰兄

下起毛毛雨，金庸筆下人物的道具展品像鬧出一幕戲謔劇：楊過和小龍女的神鵰被善心保護，但保護的方式是用一幅透明的膠布從頭罩到落腳，大鵰被完全覆蓋，膠布被雨水淋濕，黏黏答答地緊貼着雕塑，可憐鵰兄被牢牢壓住，若是生物，恐必窒息。

難怪有好心的網民貼照留言，幽默地問：「鵰兄你見點呀？」笑得我。

善心歸善心，用這樣的方式來保護展品，説好聽是「權宜」，説難聽是「求其」，粗糙得讓人哭笑不得。即使出主意的人是保安或保安主管，展覽現場總有更高層的可以作主的決策者和監督者，品管之責總是要負的，否則對不起觀眾事小，對不起金庸事大。我懶得追看新聞後續，説不定如此作為跟主辦方無關而只是參觀者的突發好意，但這可能性不高，誰會臨時找得到透明大膠布？即使找到，誰能動手？不怕被面目猙獰的保安主管厲聲斥趕？

見到網圖，我倒聯想到《射鵰英雄傳》和《神鵰俠侶》的特殊意義。台灣作家楊照在近著《曾經江湖》裏點破了這兩部作品對金庸的特殊意義。金庸在上世紀七十年代修訂《神鵰俠侶》，在後記裏説：「《神鵰俠侶》企圖通過楊過這個角色，抒寫世間禮法習俗對人心靈和行為的拘束……我們今日認為天經地義的許許多多規矩習俗，數百年後是不是也大有可能被人認為毫無意義呢？」

金庸一邊創作，一邊反思世俗禮教與至情人性之間的關係，開始顛覆他在《射》裏塑造的「為國為民，俠之大者」的英雄情結。《射》已經成功塑造了各式各樣的獨特人物，但金庸並不滿足，用楊照的話說便是，他「不斷地突破自我，十分明白群雄爭鬥這些情節可以吸引讀者，但這些並非現實而是虛構，也就容易被人遺忘；而那些與真實人生相應的人性和哲理，在戲劇性的描繪下反而更深入人心」。於是，金庸捨棄了純粹以江湖恩怨為主軸的敘事，形成以人物性格推動故事情節的寫作模式，到了《神鵰俠侶》，更進一步發展「人物性格的可能性」。如同金庸自述：

> 道德規範、行為準則、風俗習慣等等社會的行為模式，經常隨着時代而改變，然而人的性格和感情，變動卻十分緩慢。三千年前《詩經》中的歡悅、哀傷、懷念、悲苦，與今日人們的感情仍是並無重大分別。我個人始終覺得，在小說中，人的性格和感情，比社會意義具有更大的重要性。

我忍不住想像，如果有人續寫金庸作品，或可考慮從神鵰的角度俯瞰群生，可能更易看清楚江湖武林裏的各種貪嗔癡。神鵰有正義感，卻又超然「人」外；他自由，卻甘願替同樣正義之俠冒險甚至受傷；他不懂人間的男女情事，卻又被男女之情打動……用他的身分替小說續個章節，必可看見人心更幽微的暗處。鵰兄，撐着，風雨同路，你其實也是個 IP 呢。

4. 金庸的三種讀法

A）黃碧雲的讀法

原來整整三十年前黃碧雲談過金庸作品。咳，應該說是罵，不是談。

她論《書劍恩仇錄》，說「陳家洛悲壯的『犧牲』兒女情亦是庸俗的『男兒』、『英雄』感性。也因為這段戀情的陳腔濫調，加上才子的文章，戀情使大眾很安心，成為佳話。因為現實從來沒有這樣簡單」。她又說「《書劍》亦暴露了作者 / 讀者的『大漢』心態，整體故事的前提是『反清復明』，『漢』是『忠』的，而『滿』是奸的。這種忠奸分明的種族觀，不過是幼稚狂熱的狹隘愛國主義」。她再說「《書劍》亦是封建倫理觀的擁護者，君臣之義，父母之恩，手足之情，全然受到推崇……我無法明白小說人物及觀眾竟可以接受這樣的人生秩序……金庸小說鼓吹的封建意識，重視傳統對個人的壓迫」。

她說這點她說那點，黃碧雲是如此的不悅與不爽。

我不知道黃碧雲其後有無改變想法，只記得當時閱後打從心底冒起連串問號：真的嗎？真的如此簡單便可打動一代又一代的華文讀者？《書劍》的故事，以至金庸作品的其他故事，真的可用如此忠奸分明的邏輯分析到底、一棒打盡？當金庸寫滿漢和君臣和父母和手足和男女，真的想說的就是這些？而就算作者本來想說這些，讀到讀者眼裏，真的只會跟隨作者之願而拍掌叫好？抑或，讀者另有「閱讀快感」之源，並正跟黃碧雲眼中所見的徹底顛倒？

至少我是這樣的。

B）我的讀法

在我的遙遠經驗裏，讀金庸，最有趣味在於他用豐富的人物和曲折的情節，加上用中文寫中文（而非唐兀的歐化語句），把我帶進各式各樣的「兩難困局」裏面對嚴峻的抉擇。滿漢也好，君臣也罷，父母手足男女亦是，「和諧」從來不易，常有衝突，以大傳統、大道統、大道德之名，把個人迫進取捨的死角，而正正在角落的圍困裏，個人必須在萬分焦慮與掙扎的狀態下質問自己：你要怎樣選？你到底敢不敢選？而無論怎樣選，你敢說自己選得對？

由這角度看，「我的金庸」呈現的非如黃碧雲所說的「幼稚」和「狹隘」，而剛相反，他是透過主角的焦慮和掙扎而對大傳統、大道統、大道德多有反諷。

「兩難困局」是真實的卻又是虛假的。在歷史情景下，困局處處，人間不易，但當書中人在作抉擇之際或之後，往往領悟困局之為困局只不過因為你接受它、認同它，若能登高望遠甚至遠離江湖，困局即與你無涉無干。

金庸故事之撼動華人，這或是本旨。

C）金庸自己的說法

黃碧雲卅年前撰文談《書劍恩仇錄》，指故事說的無非是「忠孝節義」的大綱領，「所有人物只以此獨一無二的標準來衡量善惡，孝者義者忠，忤者逆者奸，鼓吹的是『封建意識』並『重視傳統對個人的壓迫』」。

或許是吧。但又不見得全然是。畢竟《書劍》以至其他金庸作品皆以歷史為敘事背景，封建時代的封建意識，在那背景下幾乎已是必然，但說作者用意或作品效果在於「鼓吹」或「重視」，倒易低估了作者的複雜心意和讀者的主動認知。

作者想寫的是甚麼？

金庸自己說過了：「我希望傳達的主旨，是：愛護尊重自己的國家民族，也尊重別人的國家民族；和平友好，互相幫忙，重視正義和是非，反對損人利己，注重信義，歌頌純真的愛情和友誼；歌頌奮不顧身地為了正義而奮鬥；輕視爭權奪利、自私可鄙的思想和行為。」

如此複雜的價值觀顯然不是「忠孝節義」所可網羅，即使勉強籠統地歸納到這四個字的大招牌下，其中亦有不少裂縫和摺皺，甚至常有衝突和矛盾，而亦正是衝突和矛盾驅動了情節張力，並引發閱讀過程裏的快感和愉悅，把讀者迫到某個處境，不斷叩問自己，何時應該順從，又何時應該違拗。甚至某些金庸作品會在「忠孝節義」的脈絡下用或明或暗的方式反諷、反思忠孝節義的存在合理性和荒謬性，暴露了忠孝節義的處處裂縫，以及其他的可能出路。

D）金庸小說的悲劇感

金庸作品人物豐富，有鐵桿愚忠者，有被迫忠誠者，有不屑逃離者，有私心偽裝者，有飄然遠引者，似難被忠孝節義的大帽子一網打盡。壓軸的《鹿鼎記》是最佳範例，青樓之子韋小寶，以及他的江湖朋友，以及他的朝廷聯盟，以至皇帝大人，各佔其位以謀其私，忠孝節義並非不重要，但往往只是用來謀私的論述工具，生存固然不易，謀私卻亦要講策略，忠孝節義至此如同只供玩弄的「遊戲語言」，忠者忤者皆沒有認真對待。

但金庸倒未停筆於策略層面，否則便變成商戰或諜戰戲了，他反而寫出了在各式策略下面的掙扎和抉擇，一味效忠的小說悶死人，一味反抗的小說亦甚幼稚，真正動人的是在忠與忤之間的搖擺和懷疑，以及此間的情和愛和義和報和仇。

當然，尚有在這一切之上的天意和宿命，人在其下，常有萬般無奈。所以金庸作品於曲折之餘另有一股淡淡的悲劇感，不過常受論者忽略罷了。

五

街頭的另一個江湖

1. 街頭打鬥

兩個男子在地鐵打架，先在車廂，再到月台，最後竟把深水埗站的售票大堂作為擂台，拳來腳往，像在眾人圍觀下拍功夫電影。

有人拍下影片，上載網絡，網民點評招式功架，各自派嬲或點讚。也許打鬥者當時已經心知肚明，有人看的，必會有人拍攝並上網，在奇觀社會裏，所有動作都是影片裏的一個鏡頭，並且長久留駐，輸的人是「永遠」輸了，贏的人亦是贏了一輩子。所以必須打得賣力認真，即使輸了，亦不可以輸得太難看。面子要緊，網上的面子比真實的顏面更為要緊，不可兒戲。

不知道是否只因為拍攝鏡頭無處不在，我們便易感覺有愈來愈多的街頭打鬥？或許打鬥頻率並無增加，增加的只是我們「看見」打鬥的機會，便錯覺社會更趨暴戾。社會其實一直不如想像中的和平和善良，只不過，先前眼不見為淨，一旦見到了，便覺驚訝。但說不定再過幾年，看多了，由驚訝變成麻木，不再大驚小怪，到時候唯有血肉橫飛始能引動大家的注目點評。暴力如貪念，是會升級的，像吃辣，由小辣而中辣而大辣，不知不覺已是無辣不歡，「祥和」反而變成不尋常，讓人覺得不太自在。

但話說回來，街頭打鬥真的沒有增多的趨勢？

我無法確定答案，有待學者用社會調查數據解惑，但在此以前，我難免想到弗洛伊德式的、聽來有點幼稚的「轉移理論」。

在禁限重重的時代裏，暴戾的衝動完全可以理解，像陳木勝的電影《怒火》，每個人都在心裏有盆憤怒的烈火，燒着，燙着，熊熊地，呼呼地，令人渾身不安，通體的不爽快。壓抑像一具渦輪機器，會攪捲出強烈的氣流，積困在胸中和喉間，你無法用言語盡情傾訴，你不敢用腳步上街宣泄，怒與怨，怨與怒，重疊又重疊，把你逼得喘不過氣。

由於昇華不易，唯有改用另一個簡單的紓解方式：轉移。那就是，不自覺地找尋其他方便的對象，把怒與怨投擲到其頭上，發泄那應該發泄卻無處發泄的壓抑情緒，而目標通常是三類人：弱勢者、陌生者、過失者。

弱勢者，是被你認定為好欺負的人。權力比你弱，體力比你弱，條件比你弱，足以讓你安全地發泄積壓下來的鬱氣。

陌生者，是你不認識的人，非親非故，跟你的現實生活扯不上關係，所以不必顧慮情面與體面，要罵就罵，想打便打。

過失者，是被你判定為「犯錯」的人，或是言談上，或是行為上，或是法律上或道德上，總之，你覺得對方錯了，總會忘記了「得饒人處且饒人」的人情倫理，狠狠扔出最硬最大的石頭，有如見到殺父仇人，no mercy，用肢體或語言暴力來「懲誡」對方。

許多街頭打鬥或是情緒轉移的產物，我們哀矜毋喜，唯有多自警惕罷了。

2. 賊仔也無奈

不知道是否心理作用，隱隱覺得打劫搶掠之類劫案增加了，多了一些「孤狼式」的小型犯罪，街頭似乎愈來愈欠安全，甚至出現一些帶着鬧劇性質的案件，譬如說，拿美工刀打劫，彷彿重演上世紀九十年代的港式笑片橋段，非常無厘頭，非常香港。

也是「合理」的吧。這個「理」，當然並非法律上或道德上，而是有根有由的道理，能被理解推敲，像一位姓毛的先生所曾說的，如愛，也如恨，不會無緣無故。

晚上十點後的街道皆已黯黑悄靜，豈會不予人可乘之機，或早有預謀，或一時衝動，出手做了不該做的犯法行為？普通店舖關門了，連便利店也休業了，夜店更是早已停業，原先燦爛閃亮的招牌變成了一塊塊有字無光的塑膠板，硬愣愣地懸着，在陰暗裏立着、吊着，乍看似一塊塊的墓碑。有一回走在上海街，冷清清的蕭索夜路上，舊樓唐樓一幢幢排在眼前，灰暗，迷濛，像一座座的墳頭，懸掛着的熄燈招牌更似墳前碑石，看不清上面的字，忍不住聯想它們統統一樣：香港之墓。生於幾年幾月幾日，卒於何年何月何日。因為諸種理由，我城淪落至此，千里孤墳，無處話淒涼。

唐樓舊樓的轉角處，仍有窄裙女子們站着，衣服緊緊包裹身段，更顯出身材的臃腫，站在這樣的街頭，綽綽影影，恍恍惚惚，像是遊蕩於墳間墓間的鬼魅。尚未投胎的鬼，剛到陰間的鬼，又或是《聊齋》裏的狐妖蛇怪，總之不是希臘神話裏的海倫，她們在召喚一段廉價而短暫的溫存，付費者感受到肉身的暖意，而當把取得的鈔票放在手袋裏，她們亦會覺得熱氣騰騰。

猜想有些搶劫正是在這樣的夜裏發生，也不限於上海街，而是任何可供下手不良的陰黯角落。走在街頭巷道，樓梯間，忽然閃出一個黑影，手持尖物，威脅你交出錢財。這情景，老派說法是：「咪郁！要錢定要命？」而你呆呆站着，嚇得手騰腳震，唯有乖乖聽話，錢財身外物，等到賊人走了，你才把手掌圍攏在嘴邊，厲聲高喊：「救命呀！打劫呀！捉賊呀！」

然而時代畢竟不一樣了。看了一些網絡新聞，不少人遇劫時的即場反應並非認命而是反抗，男的女的都一樣，一邊推撞一邊喊賊，怕是怕的，但再怕仍要抵抗，不甘被欺凌，奮身一搏，冒險行事。只是維護財物？可能不止啊。有段網絡影片訪問被劫的男人，他咬牙説，到處有 CCTV，如果我似隻綿羊就範，甚至向賊仔低頭求情，萬一片段流出，我豈不是面子盡失？以後點樣見人？

所以，錢財以外，維護的亦是顏面，這也重要，甚至更重要。

治安唔好，跟經濟氣候有關，卻亦是人心動盪的側影展現。但世界難撈，連做賊仔亦比想像中難，這是所有人的無奈了。

3. 江湖不景氣

市面蕭條，店舖休市，對我來説的最大得着該是比較容易找到停車位，尤其在油尖旺區，昔日馬路咪表十居其七被「代客泊車」的老兄佔領，搵位難，只因他們需要「搵食」。

但善良兼八卦的我忍不住想，這些據説不少都有江湖背景的老兄們，如今要靠甚麼搵食？都「咬老正」，轉回正職？問題是失業率節節上升，搵工唔易，更何況，做慣爛仔懶做官，真能順利轉型？

那麼，都向社團大佬伸手索取支援，「食阿公」？但阿公有如特區政府，「資源並非無窮無盡」，果真應付得了？不知道社團有沒有設立「失業救濟金」之類制度，妥善安頓兄弟手足的日常生活？

幫會幫會，幫者，除了是幫派，更有「幫」忙的意思，互相照應，互相保護，當然亦偶會「共同富裕」，地下社團其實隱隱有着某種微妙的「福利主義」精神。但這只是理想。現實裏，幫派常見兩種方向的衝突，一是社團之間搶奪油水，亦即所謂爭地盤，堂口與堂口打個你死我活。這較常見於經濟繁榮年代，根源於貪婪。另一方向是，社團手足矛盾互片，亦即所謂內訌，派系與派系殺個你死我亡。這較常見於經濟不景氣年代，根源於妒忌。我城近日經常傳出黑幫暴力新聞，若統計一下，似以後者居多，正是「既患寡，又患不均」的江湖失衡狀態。

跟一位老叔父談起江湖近事，他感慨，上一回有如此大規模的「江湖不景氣」，應是整整五十年前，話說上世紀七十年代初，港英先讓反貪污部門獨立運作，繼而籌備成立廉政公署，山雨欲來風滿樓，跟社團有「深度合作關係」的警界人士，走路的走路，退休的退休，拘捕的拘捕，又或稍為收斂，靜觀其變，社團失去皇氣靠山，諸事不順。

當時的重災區是地下賭場，亦即大檔，港九新界合共有幾萬名「撈偏門」人馬依靠這些大檔搵食，除了三合會分子，也包括賭場內外的裝修師父、茶水阿姐、清潔阿嬸、「性工作者」等等，大檔結業了，他們也失業了，一時之間，雞飛狗跳，風聲鶴唳，叫苦連天。那陣子，較有名氣的賭場例如青峰頂、大利、金華、時代、鳳鳴、福利、福基、三六九等，說執就執，幾乎盡於一夜之間熄燈關門，相關員工沒有遣散費，唯有八仙過海，各顯神通，自求出路。所以那段時期，街頭劫案頻生，一些人執起一塊磚頭或拎起一把螺絲批便去「劏死牛」，無他也，逼上梁山，為的不是義而是利，卻亦非暴利而只是區區的食飯救命錢。江湖落泊，自有淒苦。

老叔父說那陣子也多了江湖內訌，因為有極少數賭檔竟仍營業，而且盈利豐厚，卻又不跟同門兄弟分享，怨恨遂起，衝突乃至。

江湖不景氣，歷史再重演，確是人間如戲。

4. 四海九州盡姓洪

搞出個大頭佛的宴會被廣稱為「洪門宴」，一語三關，是具創意的港式幽默，足以牽動各式的有趣聯想。

身穿「東莞式」西裝、攬女唱歌、隊酒狂歡的主人家姓洪，其壽宴被稱為「洪門宴」，意思明確，本無歧義，是最基本的理解。但因「洪」與「鴻」同音，洪門宴可以讀成「鴻門宴」，便多了一層歷史嘲諷。

鴻門宴，二千多年前的那場盛會，各路英雄狗熊在帳篷前面吃肉喝酒，亦有媚歌艷舞，主賓之間，出出入入，遲來早退，笑裏藏刀，鈎心鬥角，其間顯露了機智與愚蠢、怯懦與勇氣，是人性本色的大集合。

當夜現身的人，或抱拳拱手，或相擁狂笑，或擠眉弄眼，無不在心底各有一個關乎政治權謀與商業利益的小算盤，明朝林光宇以詩描述箇中複雜：「翳雲埋空日色黃，一龍一蛇間相將。指天有約公莫舞，後入者臣先者王。此日鴻門判生死，戰場咫尺華筵裏，漢王若失我為禽，寶瑰無光玉劍起。」今雖已無項羽與劉邦，更無范增張良與虞姬，然而只要人性的貪婪與虛偽仍在，形形色色的「鴻門宴」仍必繼續，在這裏，在那裏，地球每個角落、每個世代，無處不有「鴻人」出沒，注意不注意，跟隨不跟隨，悉由尊便。

至於第三層延伸聯想，在於「洪門」二字。洪門，江湖大幫派也，至今仍在，在世界各地皆有派系分支。此前的洪門，人所共知是反清的地下組織，卻又是半公開的民間社團，勢力之廣之深，其實比上海一帶的青幫更為犀利。洪門有詩曰：「和牌掛起路皆通，四海九州盡姓洪，他日我皇登大寶，洪家哥弟受皇封。」其氣魄與自信，深含胡蘭成所說的「民間起兵」的昂揚大志。可是，三合會終究是三合會，愈是人多勢眾，愈是各懷鬼胎，尤其到了現下，多的是流氓爛仔，少的是志士仁人，洪門若真有宴，亦不會是甚麼純良的活動。

其實，我最感興趣的是「洪」姓起源。有個傳說的神話版本：洪，本為「共」，或稱「共工」，是黃帝時代的水神，專管水利安全，其後，他不服帝命，想謀反，爭天下，結果被鎮壓了，他還於盛怒下一頭撞倒了撐住天地的不周山，最後被放逐到南方，等於在地理上「隔離」。水神後代在南方定居後，為了不忘祖輩的顯赫地位，乃在「共」旁加上三點，「共」變為「洪」，從此水頭充足，世傳百代，開枝散葉，尤在江蘇和福建一帶大盛。

另有其他說法是，宋元時代有回族進入中原，用原姓的音譯改為姓洪；亦有滿族人士，包括愛新覺羅，於清末因政治考慮改姓為洪……不同的版本皆有懸念甚多的故事，追之尋之，趣味必比跟在新聞屁股背後作無效怒罵更為動人，也較不傷肝損身。

5. 大戰荔枝角道

有讀者來郵請我推介師父讓他學功夫。抱歉有負所託了。我對功夫——如同我幾乎對人間的所有事情——完全紙上談兵，凡是落實於操作的，我皆手足無措，看來讀者最好上網搜索，相信必有許多像「食評」一樣的「武評」供參考。

前陣子倒去深水埗逛了又逛，一路抬頭望向六七層高的唐樓，想像樓頂的天台，昔年許多曾是師父手把手地教導功夫之地，徒弟們下班後前來習武，師兄弟練習過招，渾身肌肉，滿背汗水，嘿呦猛喝之聲衝破寧靜的夜晚。結束後，圍爐吃粥，或到樓下大牌檔消夜，此之所以學過功夫常被戲稱為「食過夜粥」。從現下觀點來看當然搞笑了。吃消夜易胖兼不利健康，沖銷了練功的強身初心，然而在當時，這叫做團結，叫做合群，叫做 solidarity of masculinity，在混沌的殖民亂世裏，有實際的社會功能和生活意義；時空不同，世相有異，若任何事情都只懂用今之眼光去看，看了亦是白看。

那天心血來潮，在網絡地圖上找一找「陳斗跌打醫館」，竟有清楚標示地址，但按圖索驥到了荔枝角道唐樓，卻無招牌，只有條長長的樓梯，梯級盡處是鐵閘，門後是一層層的普通民居，猜想醫館早已搬走，只不過網圖沒有更新。我唯一能做的是站在樓梯上，裝模作樣地擺了一招猴拳架勢，請同行朋友拍張照片，純粹好玩，不為其他。這樓梯有幾分似甄子丹《葉問》戲裏的決鬥情景，我在這裏拍照亦算是一種 immersive 實況遊戲。

陳斗師父是廣州名師，專擅蔡李佛拳，獨門功夫是鐵馬騮拳，曾經參與武術電影，也做導演和監製，其後南遷香港，與妻謝金河共營跌打醫館，招收門徒，甚負盛名，而且大家尤其記得「陳斗大戰譚漢」的那段武林花邊。

話說六十年代中，某天，陳斗師父如常飲早茶，鄰桌坐着另一位武術名師譚漢，聲調洪亮，可能吵到了陳師父，兩桌漸起衝突，初則口角，繼而動武，陳斗外號「大力士」，身材高大，較佔便宜，一手執住譚漢的衣領，打了兩三拳，但譚漢亦非省油的燈，奮力還擊，據說由茶樓打到街上，至於勝負，有不同版本，因為據說終究只是據說。

另一據說版本是，兩人的衝突地點並非茶樓而是街頭，擦身而過有所碰撞，打起來了，由荔枝角道打到南昌街，拳來腳往，好不激烈。好事者紛紛站在樓房騎樓上觀戰，一邊是鐵馬騮猴拳，另一邊是十二路潭腿，打了一輪才有警察現身，各有手臉損傷，卻又分不出勝負。而我想像，他們日後可能約到嘉頓山，即昔被稱為喃嘸山的那個山頭，再戰一場。月黑風高，武林講手，另有不可告人之刺激。

俱往矣。深水埗再無武林也再不需要武林。武林只留心間，在這新香港。

6. 一輩子買過幾把雨傘？

天氣不穩定了一陣子，暴雨之後陽光，陽光之後小雨，出門無法不把雨傘塞進手提袋裏以防萬一。進入商場時，門外不提供塑膠袋了，只放着一具抹拭機器，裏面的絨布卻濕淋淋，不見得能把傘上的水吸乾，唯有自備膠袋，又是另一種污染之源。日常生活有各種小煩惱，只好慢慢適應。

近來索性攜帶長雨傘，挑了一把木柄的，手把有個可愛的小貓頭，上了年紀的人裝萌裝俏，懶得理會別人如何看待，自己開心便好。長傘，重歸重，好處卻是傘面通常較寬，一人兩人皆可在其下避雨；而且，既可用來做拐杖以防滑倒，一旦遇上奇奇怪怪的人，更可用作防身武器。我漸漸對它有了感情，平時擱在門後，出門散步之際，我會對它說一句：「走吧，小猫，我們出發了。」無人陪伴，唯有雨傘為伴。

問題是，不知何故，雨傘似乎不太耐用，才兩個星期，開關的按扣已經微微鬆脱，我忍不住對它感慨，你的「衰敗」速度竟然比我還快。人傘俱老，但是物我不兩忘，我把它放到櫃子裏，捨不得扔棄。

那就只好再買一把新的。依然是貓頭手柄，我是貓族，對貓情有獨鍾。握着手柄，彷彿有隻貓咪在舐我的手指，換了是狗頭，恐怕會擔心牠會忽然咬我。我不僅對狗無感，也怕狗，或因小時候被鄰居的狼狗咬過屁股，從此無法視牠們為朋友，敬而遠之，我和狗説不定前世有仇。

一個人，一輩子買過多少把雨傘？又不小心遺留過多少把雨傘？應該沒有人做過統計。若問我，猜想扔失過十把八把總是有的，大頭蝦，在外用膳時把雨傘留在店門外，離店，沒雨了，天晴忘了傘，等於「好了傷疤忘了痛」，有點沒良心。大多數時候是懶得回頭去找，也曾回頭卻找不到，被其他客人順手牽羊。

咳，其實我也順手牽手過。年少輕狂，十來歲的某天走在路上，天色説變就變，只好進入商場躲雨。過了一會，不耐煩再等，卻又不願意被淋濕身，竟然無恥地隨手在商場門外的雨傘裏抽出一把，一聲唔該地撐着走遠。還記得那是一把女裝傘，粉黃色，走着走着，荷爾蒙勃發的我有了曖昧的聯想。這當然是不道德的行為，而且是「雙重不道德」，偷竊兼意淫，罪過罪過。只能自我安慰，誰在年輕時不曾犯過如此或如彼的錯呢？最重要的是要明白那是錯，羞恥心是上進之源，改過為善，錯誤才算有了「意義」。

另外我也很懂用一句「或許對方前世欠我一把雨傘，今世要還」來合理化一切。像海裏的水變成雲，雲多了，下降為雨，是生態的循環，而在人間，前世欠我今世欠，或者，今世欠你下世還，亦是因果的循環，這無法證偽也無法證真，但用這邏輯想一想，心便寬。在不准再撐黃色雨傘的日子裏，我們都只能做阿 Q 了。

香港城市大學中文及歷史學系
創系十週年叢書 09

暗處襲來一道掌風

城市漫遊的譫妄狂想

馬家輝 著

叢書總編　程美寶　陳學然

責任編輯　白靜薇
裝幀設計　簡雋盈　陳佩珍
排　　版　陳美連
印　　務　劉漢舉

出版
中華書局（香港）有限公司
香港北角英皇道 499 號北角工業大廈 1 樓 B
電話：（852）2137 2338
傳真：（852）2713 8202
電子郵件：info@chunghwabook.com.hk
網址：http://www.chunghwabook.com.hk

發行
香港聯合書刊物流有限公司
香港新界荃灣德士古道 200 - 248 號
荃灣工業中心 16 樓
電話：（852）2150 2100
傳真：（852）2407 3062
電子郵件：info@suplogistics.com.hk

印刷
美雅印刷製本有限公司
九龍觀塘榮業街 6 號海濱工業大廈 4 樓 A

版次
2024 年 12 月初版

規格
32 開（190mm × 130mm）

ISBN
978-988-8912-04-9